하늘 아래 첫 이름 어머니

하늘 아래 첫 이름 어머니

공광규 외 12인

경영자료사

• 머리말

소곤소곤, 눈물로 변하는 이름 엄마

어머니는 풀이고 나무고 밥이고 술이고 그릇이고 돌이고 연필
이고 안경이다. 빛이고 암흑이다. 세상에 존재하는 모든 사물이며
감정이며 神이며, 말할 것이 너무 많은 어머니를 간단히 줄여 말
해 보자. 어머니는 이 세상 그 자체이다. 어머니 그 미소만 있으면
세상이 다 밝아지고 그 미소가 없으면 세상이 순간 깜깜해진다.

눈물이라는 두 글자로 세상 모든 이의 마음속 어머니를 대신할
수도 있겠으나 그 눈물에 담긴 기억과 감정과 영상은 모두 다를
것이다. 하지만 그것들을 하나의 주제로 꿸 수 있을 텐데, 그것은
생존에 대한, 생존을 위한 사랑!

슬픔과 아픔을 아우르는 손길, 어머니 없는 삶은 늘 결핍을 부
른다. 결핍 속에서 길을 잃고 쓰러져 매일 목이 마르다.

남성 중심적인 사회에서 어머니는 한껏 미화되어 어머니가 된
자들은 꼭 그렇게 자애로운 모습으로 한없이 베풀고 희생하다가
쓰러져야 했다. 그래야 어머니였다. 그래서 어머니들은 어쩔 수

없이 견디고 감내해야 하는 자기 몫을 실현하다 오랜 세월 환상 속의 '어머니'를 살아내느라 삶이 고되었다.

우리들은 어쩜 상징이고 관념이고 추상적인 어머니의 영상을 지우지 못해 그리움에서 영영 빠져나오지 못할지도 모른다.

이 책에 숨 쉬고 있는 열세 분의 어머니는 세상 모든 어머니의 모습이며, 희생과 사랑을 절대적인 가치로 알고 살아간 '환상 속 어머니'의 마지막 모습일 것이다. 앞으로 우리는 이런 어머니들을 다시는 만나지 못할 것이다. 그래서 이 책 속의 어머니들은 너무나 소중하고 귀하다.

어머니가 된 지 얼마 안 된 엄마들은 희생하기보다는 자식들의 친구가 되고 싶고, 남편의 동반자가 되고 싶고, 무엇보다 자기 자신이고 싶어 한다. 그런 의미에서 이 책 속의 어머니들은 '환상 속 어머니'의 마지막 모습인 것이다.

이제 다시는 보지 못할 숭고한 어머니의 모습을 마음에 새기고 싶어서, 시인들의 어머니들을 한자리에 모셨다. 어머니가 곁에 있는 사람들은 어머니께 이불 덮어드리는 마음으로, 어머니가 곁에 없는 사람들은 어머니 영혼을 위해 기도하는 마음으로 따뜻하고 보드라운 어머니들을 만나 보기 바란다.

우리들 삶의 여정은 어머니를 그리워하다 결국 어머니를 넘어서는 과정인지도 모른다. 인생의 후반에 가서야 어머니가 자신 속에 들어 있고 그것을 모른 채 너무 오랜 세월을 살아 왔다는 것을 깨닫게 되는 것은 아닐까. 그래서 어머니를 타인에게 나누어 주지 못한 채 죽어가는 것을 한스럽게 생각하며 눈을 감을지도 모른다. 더 늦기 전에 내 안에서 어머니를 찾아 실컷 불러 보고 나누어주면서 살아야 하리라.

2015년 봄, 이경란

하늘아래 첫 이름 어머니

• 공광규

나의 시에 담긴
어머니

1

어머니는 1937년 청양군 화성면 장계리에서 태어나서 2007년에 경기도 일산병원에서 돌아가셨으니 칠십을 겨우 넘기셨습니다.

저의 다섯 번째 시집 『말똥 한 덩이』(실천문학사, 2008)에는 어머니 이야기가 많이 나옵니다. 시집을 내는 동안 어머니가 위암에 걸려 투병생활을 하셨고, 장남인 제가 어머니를 인근 일산병원에 모셔서 치료를 했기 때문입니다. 어머니는 결국 이 시집이 나오기 전에 돌아가셨지만, 저와 어머니가 감정적 교류를 가장 많이 했던 기간이 이때였습니다.

맨 먼저 나오는 시는 「법성암」이라는 제목의 시입니다. 법성암은 고향인 청양 읍내에 있는 조그만 암자입니다. 비구니 스님이 주지로 있고, 쉰다섯에 돌아가신 아버지 사십구재를 지낸 절입니다. 오래전 아버지 사십구재 때 말고는 한 번도 가본 적이 없었습니다.

어머니는 그 절에 종종 다니며, 운곡에 사시는 고모도 만나 시누이와 정도 나누고, 도시에 사는 저희 집 이사 날짜도 잡아오고, 때때로 부적을 가져와 제 지갑에 넣어 주었습니다. 결혼하기 전에는 아내와 제가 궁합이 잘 맞는지 사주도 보았던 절입니다.

제 주변에 점을 치는 스님이 없고, 점치는 것이 절의 본분이 아니라고 생각하는 저는 어머니가 법성암에 가는 것을 그렇게 좋아하지 않았습니다. 그러나 시간이 지나면서 시골에 홀로 농사를 짓고 살면서 마음을 의지하고, 즐겁게 친구를 만나고, 스님의 좋은 말씀을 들으러 가는 것이 인생의 큰 즐거움과 위로라는 생각을 하여 자주 다닐 것을 권했습니다.

그리고 저도 어머니가 다니는 절을 인정하고 사랑한다는 표시로 어머니와 절에 같이 가보자고 하였습니다. 어머니가 암으로 판명되어 입원하기 전, 무슨 일인지 고향에 갔다가 큰 수박 한 통을 들고 법성암을 찾았습니다.

돌아보니 이미 '불교신문'에 이런 글을 쓴 적이 있습니다.

작년 여름, 나는 어머니와 함께 어머니가 오랫동안 다니시는 읍내 법성암을 찾았다. 20년 전에 돌아가신 아버지 사십구재 이후로 처음이었다. 수박 한 통을 부처님 앞에 올리고 어머니와 나란히 서서 삼배를 올렸다. 납작납작 절하는 어머니 모습이 신심 가득한 보살이었다. 어머니는 나를 절 마당으로 법당으로 끌고 다니며 석탑과 작은 부처님과 연등에 새겨지고 붙어 있는 내 이름들을 보여주었다. 어머니가 다니며 시주하는 절인데도 어머니 이름은 한 군데도 없었다. 어머니는 못난 나를 높은 석탑과 작은 부처님과 아름다운 연등으로 모시고 있었던 것이다.

나를 모신 어머니 부분

이렇게 어머니와 절을 다녀와서 저는 시를 한 편 써서 발표를 하였습니다.

늙은 어머니를 따라 늙어가는 나도

잘 익은 수박 한 통 들고

법성암 부처님께 절하러 갔다

납작납작 절하는 어머니 모습이

부처님보다는 바닥을 더 잘 모시는 보살이다

평생 땅을 모시고 산 습관이었으리라

절을 마치고 구경 삼아 경내를 한 바퀴 도는데

법당 연등과 작은 부처님 앞에 내 이름이 붙어 있고

절 마당 석탑 기단에도

내 이름이 깊게 새겨져 있다

오랫동안 어머니가 다니며 시주하던 절인데

어머니 이름은 어디에도 없다

어머니는 평생 나를 아름다운 연등으로

작은 부처님으로

높은 석탑으로 모시고 살았던 것이다.

— 「법성암」 전문

이 시는 시집이 나온 후 불교방송에 출연하여 낭송을 하기도 하였습니다. 어머니는 그 이후에 암 진단을 받고 병원에 입원하여 수술을 하고 항암치료를 받았습니다.

병원에 아주 입원하기 전에는 집에서 통원치료를 하였는데, 기운이 없어 아이들의 침대에 누워 있는 어머니 모습이, 꼭 시골에서 평생 일만 하다가 나이가 들어 외양간에 누워 있는 병든 암소와 같다는 생각을 하였습니다.

어머니는 수술은 했지만, 암동 병실 옆에 누워 있던 많은 암환자들이 죽어가는 것을 보면서, 자신도 죽어가고 있다는 것을 알았을 것입니다. 그러면서 늙은 암소가 되새김을 하듯이 과거를 회고했겠지요. 그 목록에는 여러 가지가 있을 것입니다.

아마 가장 큰 걱정거리는 자식들이었을 것입니다. 1남 4녀 가운데 딸 둘이 이혼을 했으니, 어머니의 마음은 얼마나 무너졌겠습니까. 제가 평생에 가장 가슴 아픈 일이 뭐냐고 병상에서 물었을 때 어머니는 두 동생의 순탄하지 않은 삶이었다고 한 적이 있습니다.

저의 다른 시 「애장터」는 네 살 아래인 남동생이 어려서 죽은 이야기를 쓴 것인데, 어려서 죽은 자식을 가슴에 묻고 사는 어머니의 삶이 또 어떠했겠습니까. 거기에 가부장적 사회에서 여성으로, 어머니로, 며느리로, 아내로서 당해야 하는 보이지 않은 폭력도 만만치 않았을 겁니다.

저의 아내가 홍반성 낭종이라는 불치의 지병이 있어서 입원을 했을 때, 병원을 찾은 어머니가 휠체어를 탄 아내를 보는 순간 눈앞이 캄캄하고 가슴이 무너졌다는 말을 한 적도 있습니다. 이런 말들도 돌아가실 즈음에야 저한테 고백을 했으니 일생이 얼마나 답답했겠습니까. 어머니에게 미안할 뿐입니다.

저는 이런 신산한 삶을 산 어머니가 부르는 노래를 들은 적이 평생 몇 번 있었습니다. 제가 어렸을 때 동네 잔칫집이나 이모들과 어울리는 자리에서, 그리고 오십에 가까워서 들은 어느 잔칫집에서 부르던 어머니의 노래는 항상 똑같았습니다.

이를테면 "앵두나무 우물가에 동네 처녀 바람났네~"와 "보슬비가 소리도 없이 이별 슬픈 부산 정거장~"이라는 노래였습니다. 젊어서는 여러 번 보따리를 싸고 집을 나가려고 했었다는 어머니의 현실 탈출 심리와 현실을 탈출하지 못하는 슬픔이 이들 노래에 들어 있습니다.

어머니는 당신이 죽으면 시골의 아버지 옆에 묻지 말고 화장을 해서 여기저기 돌아다니게 밝고 넓은 곳에 뿌려 달라는 유언을 남겼습니다.

화장을 한 후에 시골 재당숙과 사촌이 지켜보고 있어서, 아버지 산소 주변에 뿌리는 척하다가는 뼛가루를 숨겨와 텃밭 감나무 아래 한 삽을 넣고, 나머지는 아들과 냇가로 나가서 뿌렸습니다.

멀리멀리 가서 넓은 세상을 보라고요.

이 시집에 나오는 「시골 새벽」은 시골에서 오랫동안 홀로 살면서 말 상대가 없으니 새와 나무들에게 말을 걸고 지청구를 하는 어머니를, 「뼛가루를 뿌리며」는 돌아가신 후 화장한 어머니의 뼛가루를 뿌리며 느낀 소회를, 「고장난 농기계」는 농기계처럼 농사일을 하고 쓸모가 없게 되어 누워 있는 어머니를, 「샘」에서는 병실에서 어머니의 요도에 호스를 넣던 일화를, 「애장터」와 「오늘은 보슬비가 와서」, 「빈집」도 어머니와 같이 지내면서 느꼈던 서정적 충동을 시로 쓴 것입니다.

이 글을 쓰는 순간에도 어머니를 생각하면 생각할수록 미안한 마음뿐입니다. 저승에 가서나 미안한 마음을 갚을 수 있을지, 확신을 할 수 없으니 또 미안하고 미안할 뿐입니다.

2

어머니가 위암 수술 후 항암 약물치료를 받고 있던 2007년 초. 어머니는 음식을 거의 안 드셨습니다. 저는 가까운 상가에 큰 식료품점을 새로 열었으니 드시고 싶은 것이 있는지 가보자고 했습니다. 어머니는 어린아이처럼 얼른 따라나섰습니다.

인도를 같이 걸으면서 참으로 오랜만에 어머니와 함께 걸어본다는 생각을 했습니다. 그러나 어머니와 내가 너무 오래 떨어져 살아서인지 보폭과 보행 속도가 맞지 않았습니다. 나는 몇 발짝 앞서가다가 어머니와의 사이가 많이 벌어지면 서서 기다리고, 또 앞서가다가 기다렸습니다. 먹은 것이 없어 배에 힘이 없는 어머니는 구부정한 모습으로 힘겹게 저를 따라왔습니다.

새로 개점한 가게는 야채, 과일, 과자, 고기, 생선 등 다양하고 싱싱한 식료품을 파는 곳이었습니다. 어머니는 먹을 것이 쌓여 있는 매장 안을 몇 바퀴나 둘러보기만 했습니다. 왜 안 사냐고 했더니, 아무것도 먹을 것이 없다고 하셨습니다.

그렇게 큰 식료품점에 먹을 것이 아무것도 없다니. 내가 얼른 고르라고 다그치자 어머니는 막과자가 안 보인다고 했습니다. 내가 빠른 걸음으로 막과자를 찾아 매장 안을 둘러보았지만 보이질 않았습니다. 종업원에게 물으니 막과자 같은 것은 안 판다고 했습니다.

식품가게를 나오자마자 어머니는 떡 파는 곳을 찾았습니다. 그러나 자주 가던 떡집도 시간이 늦어져 문이 닫혀 있었습니다. 큰 가게에 딸린 다른 떡집에 갔더니 거기도 문이 닫혀 있었는데, 다행히 막과자를 팔고 있었습니다.

부피는 크나 값싼 막과자를 찾는 사람이 없어 과자 봉지에는 먼지가 쌓여 있었습니다. 떡을 사는 것을 포기하고, 어머니는 막과자 봉지를 들고, 나는 칼국수 사리와 알사탕 봉지를 들고 신호등 하나를 건너 집으로 왔습니다.

기운이 없는 어머니는 막과자를 산 가게 승강기 앞에서, 신호등 앞에서, 그리고 인도에서 막과자 봉지를 들고 쪼그려 앉아 몇 번을 쉬었습니다. 나는 어머니가 일어날 때까지 우두커니 옆에 서서 기다렸습니다.

그러다가 어머니가 걷기 시작하면 옆에서 보폭을 맞추어 가며 걸음을 옮겼습니다. 같이 보폭을 맞추며 걸으니 어머니와 처음으로 일체가 된 느낌이었습니다. 천천히 걸으면서 하늘을 올려다보니 겨울 하늘에 별들이 찬바람에 맑게 닦여 빛나고 있었습니다. 나의 「별국」이라는 시가 생각났습니다.

　　　가난한 어머니는
　　　항상 멀덕국을 끓이셨다

　　　학교에서 돌아온 나를

손님처럼 마루에 앉히시고

흰 사기그릇이 앉아 있는 밥상을
조심조심 받들고 부엌에서 나오셨다

국물 속에 떠 있던 별들

어떤 때는 숟가락에 달이 건져 올라와
배가 불렀다

숟가락과 별이 부딪치는
맑은 국그릇 소리가 가슴을 울렸는지

어머니의 눈에서
별빛 사리가 쏟아졌다.

내가 어렸을 때, 어머니는 걸음이 느린 나를 앞세우고 면 소재
지에 있는, 지금은 없어진 사양장에 데리고 다니면서 막과자를 사

주셨습니다. 그런데 지금은 내가, 아파서 걸음이 느린 어머니에게 막과자 봉지를 사서 들리고 집으로 가고 있다는 생각에 슬픔이 밀려왔습니다.

저의 시집에 「샘」이라는 제목의 시가 있습니다. 병상에 누워 있는 어머니를 간병하면서 만난 경험을 형상화한 시입니다.

> 어머니 요도가 막혔다
>
> 말라붙은 샘에 호스를 꽂는 작업을 하는 동안
> 나는 마른 나무토막이 된 다리를
> 붙들고 있다
>
> 나무토막과 나무토막이 만나는 곳에
> 말라붙은 샘
> 겨울 억새처럼 누운 음모를 거느리고 있다

마른 억새로 덮인 마른 샘에 호스를 꽂자

나무토막을 담은 헌 살가죽 부대가

바르르 파문을 일으키고 있다

사십 몇 년 전 내가 헤엄쳐 나온 곳

지금은 검은 주름으로 뭉개진 폐광구이다

썩은 핏물이 쏟아지는 폐수구이다

그러나 옛날에는 맑은 이슬과 이슬이

구슬과 구슬처럼 해맑게 서로를 비추던

보물이 퐁퐁 솟는 샘이었을 것이다

14개월 전 어머니가 말기 암 수술을 하고, 두 달 전부터 복수가 차서 병원에서 살아서 나오기가 어렵다는 의사의 판정을 받았을 때, 우리 부부는 어머니의 가방을 뒤졌습니다.

몸뻬 한 개와 깨끗한 양말 서너 켤레, 보자기에 싼 지갑이 있었습니다. 200만 원이 든 시골 농협 저금통장, 100만 원이 든 우체국 저금통장이 있었고, 만 원짜리 7장과 14장이 들어 있는 봉투 두

개가 있었습니다. 인감도장과 통장 도장도 있었습니다.

그러나 지금은 통장도 없고 돈 봉투도 없고 도장도 없습니다. 시골에서 어머니가 놀러 다니던 모임의 밀린 곗돈을 일부 갚고, 나머지는 며느리가 병원비로 가져갔습니다. 봉투에 든 돈은 문병을 온 멀리 사는 여동생에게 주었습니다.

어머니의 손가방 안에는 아무도 입을 생각을 안 하는 몸빼와 헌 양말, 500원이 든 동전 하나와 100원짜리 동전 하나가 든 동전지갑과 지폐를 넣는 텅 빈 비닐지갑, 그리고 건강보험카드와 입원해 있는 병원카드가 전부였습니다. 이렇게 마지막까지 어머니를 털어서 파먹고 텅텅 비워야 하는 게 자식들인가 하여 씁쓸하여졌습니다.

어머니를 병원에 입원을 시키고 나서, 한 달 동안 아내는 낮에 저는 밤에 지키다가 서로 몸이 힘들어 간병인을 사용하였습니다. 여동생 셋이 있고 이모가 넷이 있어서 많은 도움이 되었으나 그것만으로는 가족들이 지키는 간병문제를 해결할 수 없었습니다.

어머니가 죽고 사는 문제보다 아내나 동생들과의 심리적 갈등이 더 어려웠습니다. 더한 문제는 오랜 시간 병상의 어머니를 지키면서 갖게 된 인명에 대한 불손과 경시였습니다. 긴병에 효자 없다는 말이 사실로 들어왔으며, 어차피 돌아가실 바에야 빨리 돌아가셨으면 하는 속마음도 일어났습니다.

아침저녁 출퇴근 때 꼭 들르던 병원 방문도 게을리하기 시작했습니다. 처음에는 자제하던 외출이나 음주도 평상시와 똑같이 하게 되었고, 간병인이 쉬는 주말을 아내에게 부담시켜 아내와 다투기도 하였습니다.

그러던 중 지하철에서 아침 신문을 읽고 가슴이 덜컥했습니다. 중국 정부가 불효 공직자 사 남매를 처벌했다는 기사였습니다. 이유는 병든 노모를 봉양하지 않았다는 것이었습니다. 그들을 처벌한 중국 공산당은 "자기 부모도 돌보지 못하는 사람이 어떻게 인민을 위해서 봉사할 수 있겠느냐."는 것이었습니다. 꼭 저희 사남매한테 하는 말 같았습니다.

불효의 내용은 이렇습니다. 지난해 11월 폐암 말기 진단을 받고 병원에 입원한 노모를 공직에 있던 자녀들이 당위원회와 베이징에 갈 일이 있다며 모친의 수발을 거부했다는 것입니다. 병원에 버려져 있다시피 한 노인을 마을 주민 한 명이 보다 못해 집으로 옮겨 모셨고, 마을 주민들의 조정으로 사 남매가 모친을 어떻게 모실지 가족회의를 했으나 결국 다투기만 하고 헤어졌다고 합니다. 다음 날 모친은 병원에서 죽었다고 합니다.

어머니의 간병을 서로 미루고 서로 섭섭해하는 저희 사 남매와 무엇이 다르겠습니까. 저는 중국 공산당의 사 남매에 대한 기율 처분을 보면서 참으로 공자의 나라 중국의 위대함이 여기서 나타나는구나 하고 생각하였습니다.

『논어』에 이런 공자의 말씀이 있습니다. "요즈음은 부모에게 물질로 봉양함을 효도라 한다. 그러나 개나 말도 집에 두고 먹이지 않는가? 공경하는 마음이 여기에 따르지 않으면 짐승과 무엇이 다르겠는가?"

그렇게 중요하지도 않은 모임이면서 바쁘다고 핑계를 대며 병실을 지키지 않으려고 했던 것이 후회되었습니다. 매일 한두 차례 돌아보는 아내에게 주말에도 병실을 맡기고, 약속이 있다며 온갖 핑계를 대는 여동생에게 동기간 우애를 포기하려고 마음먹었던 것이 후회되었습니다.

불경 『대집경』에 "만일 세상에 부처님이 계시지 않으시거든 부모를 잘 섬길지니, 부모를 섬기는 것이 부처님을 섬기는 것이다."라고 하였습니다.

병든 부모는 병원에 내팽개치고 절에 가서 부처님 앞에 절을 수백 배 한들 무슨 소용이 있겠습니까. 어머니는 돈으로 산 간병인에게 맡기고, 자신은 여느 때와 똑같이 술집에서 노래방에서 가

무를 즐기는 것이 무슨 인간이겠습니까. 저 자신에게 하는 말입니다.

4

어머니를 저 언덕으로 보내고 쓴 시가 「뼛가루를 뿌리며」입니다. 가부장적 폭력과 자식들 문제로 고생했던 어머니의 마지막 얼굴은 평온하였습니다. 어머니의 죽음을 보며 우환에 살고 안락에 죽는다는 맹자의 말이 떠올랐습니다.

많은 시간
가슴을 다친 나무로 살다가 지금은
흰 싸락눈으로 날리고 있다

몸이 이렇게 타고 부서져 가벼워지기까지
칠십일 년이라는
긴 시간이 걸린 것이다

한 삽도 안 되는 뼛가루를 만드는 데

이렇게 긴 시간이 필요하다니

어머니는 지루했을 것이다

묵은밭 억새가 울면서

동네를 지나는 고압선이 고압으로 울면서

산등성이를 뛰어가고 있다

— 「뼛가루를 뿌리며」 전문

장남인 저는 치러낼 장례 절차를 생각하느라 슬픔에 빠져들지
도 않고 이것저것 챙기면서 꼭 냉철한 사무원 같다는 생각을 했습
니다. 문상객을 맞으면서도 슬프다는 생각이 들지 않고, 눈물도
나지 않던 내가 운 것은 어머니의 시골 친구들이 버스 한 대를 전
세 내어 올라와 빈소를 눈물바다로 만들었을 때였습니다.

허리가 굽고 검버섯이 나고 손이 곱은 어머니의 시골 친구들이
바닥에 앉아 허리를 구기고 엎어지고 손으로 바닥을 치며 얼굴에
주름을 만들며 우는 노인들의 진실된 울음소리는 그야말로 슬픔
의 바다였고 죽은 친구에 대한 예의 같았습니다.

장례 셋째 날 오전에 어머니 사체는 화장장에서 2시간이나 탔

33

습니다. 타고 남은 흰 뼈가 금속판 위에 흰 눈처럼 쌓여 있었습니다. 인부는 골목에 내린 눈을 쓰레받기에 쓸어 담듯이 뼛조각을 쓸어 담았습니다. 파쇄기에 부서진 뼈를 오동나무 상자에 담아 들고 나오는데 남은 온기가 어머니의 체온처럼 따뜻했습니다.

어머니가 병원에서 사용하던 옷가지와 물건, 나와 동생과 아이들이 입었던 상복들을 벗어 청소부가 지정하는 쓰레기통에 버렸습니다. 사람도 이런 옷가지처럼 물건들처럼 사용하고 나면 버려지는 것이라는 생각에 슬퍼졌습니다.

서울의 작은 포교원에 어머니 영정을 모시고, 뼛가루를 안고 고향으로 향하면서 어머니의 육신을 이 세상에서 다시 볼 수 없다는 사실이 무척이나 아팠습니다. 다른 인연도 헤어질 때 이럴 것이라는 생각을 하며, 앞으로 인연을 만들지 말아야겠다는 생각을 했습니다.

해가 질 무렵에 고향에 도착하여 돈돌배기에 있는 아버지 무덤에 소주 한 컵과 포를 놓고 절을 한 다음 뼛가루를 산소 주변에 뿌렸습니다. 마침 바람이 불어서 뼛가루는 구름처럼 공중에서 떠다니다가 멀리 사라졌습니다. 묵은밭에 가득한 마른 억새가 흐느껴 울었습니다. 동네를 지나는 고압선도 고압으로 울었습니다.

텃밭 감나무 아래에도 뼛가루 한 줌을 묻었습니다. 어머니는 감나무의 물관을 타고 다니며 해마다 봄에는 새잎과 감꽃으로 피고, 여름에는 푸른 잎과 떫은 감이 되고, 가을에는 붉은 잎과 붉은 감이 될 것입니다.

그러면 까치가 와서 감을 쪼아 먹고 이 나무와 저 나무, 이 산과 저 산을 자유롭게 날아다닐 것입니다. 자유롭게 떠도는 것은 어머니가 바라던 것이었습니다.

그리고 나머지 뼛가루는 앞 냇물에 뿌렸습니다. 무거운 뼛조각은 물 아래로 떨어졌고, 가벼운 것은 물 위에 떠갔으며, 더 가벼운 것은 연기처럼 날아서 갈대숲으로 사라졌습니다.

냇물 바닥에 가라앉은 것은 물고기가 먹거나 흙에 섞이고, 가벼운 것은 물결을 따라서 강으로 바다로 갈 것입니다. 여기저기 다니며 세상 구경하고 싶다는 게 어머니의 바람이었습니다.

냇둑에 분골 상자와 보자기를 태우고 집에 돌아오면서, 아버지 산소 주변에 던진 뼛가루가 마음이 쓰이기도 하였습니다. 병상에 누워 있던 어머니는 죽어서도 아버지 옆으로 가기 싫다며 당신을 화장하여 밝고 맑은 양지와 멀리 볼 수 있는 곳에 뿌려 달라고 하였기 때문입니다.

나와 큰 여동생과 비구니가 된 고종사촌과 아들은 사랑방에 장작불을 때고 누워 인연에 대하여 이야기하였습니다. 우리는 인연

가운데 사람을 만나는 인연이 제일 중요하다는 것에 모두 동의를 하였습니다.

죽어서도 아버지 곁으로 가기 싫다는 어머니의 인연도 그렇지만, 결혼에 실패한 두 여동생에서부터 고종사촌들의 실패한 결혼을 이야기하며 한숨을 푹푹 쉬기도 하다가 웃기도 하다가 슬퍼하기도 하였습니다.

다음 날 아침을 먹는데, 재당숙은 집안에 사람이 잘못 들어오는 게 가장 힘들다고 하였습니다. 짐승이나 같으면 팔기라도 할 텐데, 사람은 그럴 수도 없다는 것이었습니다. 재당숙의 큰아들도 두 번 결혼을 하면서 많은 속을 썩었다고 하였습니다.

나는 어머니의 유품을 정리하며 염주 네 개를 챙겼습니다. 어머니가 손자 대학 첫 등록금을 하겠다고 모으기 시작했다는 크고 무거운 돼지저금통은 아들에게 안겨주었습니다. 저녁에는 아들과 서울행 버스에 몸을 싣고 돌아오면서 스님이 주시고 간 『원각경』「보안보살장」을 읽었습니다. 부처님은 보안보살에게 항상 이런 생각을 하라고 합니다.

지금 내 이 몸뚱이는 흙, 물, 불, 바람이 화합하여 된 것이다. 터럭, 이, 손톱, 발톱, 살갗, 근육, 뼈, 골수, 때, 빛깔들은 다 흙으로 돌아갈 것이다. 침, 거품, 담, 눈물, 정기, 대소변은 다 물로 돌아갈 것이다. 더운 기운은 불로 돌아갈 것이고, 움직이는 것은 바람으로 돌아갈 것이다. 흙, 물, 불, 바람이 흩어지면 이제 이 허망한 몸뚱이는 어디에 있을 것인가…….

나는 마침내 이 세상에서 허망하게 사라진 어머니와 이 허망한 내 몸뚱이를 생각하다가 마음이 편하여졌습니다.

공광규

동국대 국어국문학과 박사. 1986년 《동서문학》으로 등단하였으며, 시집으로 『소주병』, 『말똥 한 덩어리』, 『담장을 허물다』 등이 있다. 윤동주 문학상, 고양행주문학상을 수상하였다.

● 김박은경

영원이 되어가는,
진짜가 되어가는

오랜만에 보네요. 웬일로 이렇게 예쁘게 하고 있어요. 짧은 파마머리를 부드럽게 말았구나. 큰맘 먹고 미용실에 다녀왔나 봐요. 키는 자그마하고 몸은 동글동글, 아버지가 엄마더러 코끼리 같고 하마 같다고 놀리시네요. 말도 안 돼. 아버진 엄마가 그렇게나 사랑스러운 거죠? 장난치고 싶으신 거죠? 그 마음을 아시기에 엄만 그렇게 박장대소하시는 거죠? 엄마는 참 시원스럽게 웃어요. 웃음소리도 크고, 웃는 입도 커요. 크고 환한 미소가 일품이네요. 이곳은 어딘가요? 언제 찍은 거예요? 나도 거기 있었는데 생각이 잘 안 나네. 올림픽 공원 쪽인 것 같다. 맞아요? 그동안 어찌 지내셨어요? 저야 물론 잘 지내죠. 아이들도 이 서방도 잘 있어요. 그런데 큰일이다. 엄마 얘길 해야 하거든요. 추억을 되짚으면 쓸 수 있을 것 같아서 오케이했는데, 며칠 전부터 암만 궁리해도 생각이 안 나는 거예요. 16년 정도 된 거죠? 시간이 많이 흐른 걸까. 이제 덜 괴롭고 덜 슬퍼요. 이젠 엄마 생각에 울지 않아요.

엄마 사진을 더 들여다봐요. 곱게 화장한 얼굴이네요. 화장이라야 간단했지요. 화장품도 몇 가지 없고 화장대도 따로 없었잖아요. 서랍장 위에 놓은 탁상용 거울을 들여다보셨겠지요. 아끼던 랑콤 액상 파운데이션을 뾰족한 빗 꼭지로 콕 찍어 손가락에 묻힌 후 펴 바르고, 둥근 코티 분통을 열어 커다랗고 도톰한 퍼프로 오른쪽 뺨부터 살짝 두드렸을 거예요. 그때 향기로운 분가루가 꽃가루처럼 날렸겠지요. 몽당연필처럼 작아진 아이펜슬로 눈썹을 쓱쓱 그리고, 아이섀도는 바이올렛빛으로 연하게 칠하고요. 입술에는 하나뿐인 샤넬 루주를 바르고 윗입술과 아랫입술이 맞닿게 '뺨뺨' 소리를 두어 번 내면서 자연스럽게 번지도록 했겠지요. 발그레한 뺨을 보니 루주를 볼 터치 대신으로 살살 펴 바른 것 같아요. 향수는 보나마나 샤넬 No. 5. 그거 하나밖에 없었으니까요. 아끼던 향수를 귀 뒤에 손목에 조심스레 찍어 발랐겠지요. 아버지가 선물하신 그 향수, 오래도록 애지중지하다가 증발한 게 반은 될 거예요. 향기도 조금 변했겠지요.

엄마는 체리핑크 리본 블라우스에 청보랏빛 마담포라 투피스를 입고 있네요. 작은 장식이 달린 검정색 단화에 네모난 검정 백을 들었고요. 손목에는 아버지가 선물했던 금장 시계와 큐빅이 성글게 박힌 백금 반지를 했겠지요. 만卍자가 새겨진 금목걸이도 함께 했을 거예요. 기억나는 액세서리라고는 그게 전부였으니까요. 손에는 손수건이 들려 있었을 거예요. 엄마는 깔끔하게 잘 다린 손수건을 들고 다니는 사람이었잖아요. 향기도 얼룩도 없이 순정하게 손질한 손수건이요. 엄마가 아끼던 연한 분홍빛 손수건, 기억하세요? 바탕에 붉고 흰 작은 꽃무늬가 있고 한쪽 귀퉁이에 조그만 레이스 장식이 달려 있는 그것은 이제 제게 있어요. 쓰지는 않아요. 그냥 서랍에 넣어 두었어요. 화사하던 꽃무늬는 음지에 버려진 꽃처럼 빛을 잃었어요. 조심히 빨고 다려도 금세 풀이 죽은 아이처럼 보여요.

더 오래전의 엄마를 찾아볼까요. 여기에 사진 한 장이 있어요.

흑백사진 위에 채색을 한 것 같아요. 엄마가 엄마 아니던 시절이에요. 중국 미인처럼 가늘고 긴 눈썹, 아주 붉은 입술과 흰 피부, 공들여 매만진 머리를 하고 살짝 웃고 있네요. 날카롭게 각이 잡힌 군복 차림의 젊은 아버지 곁에서 반짝반짝 윤이 나요. 삶에서 가장 특별한 순간이었겠지요. 면사포와 드레스의 결혼식도 없이 함께 살았다고 하셨으니, 이 사진이 결혼식 대신이었겠지요. 앞으로 어떤 일들이 일어날지도 모르면서, 태어날 아이들과 죽게 될 아이와 여전히 먹고살기 어려운 살림과, 멀고 먼 사막의 나라에 남편을 보내두고 지내야 하는 시간들과, 마침내 잠시의 호시절과, 길게 늘어나던 더욱 어려운 시절과, 단번에 엄마를 쓰러뜨릴 병마와 제대로 싸워보지도 못한 채 맞아야 하는 죽음 같은 것들은 상상도 못했겠지요. 언니가 점점 엄마를 닮아가요. 저는 점점 언니를 닮아가고요. 고단한 어느 저녁에는 거울 속에 엄마 얼굴이 보여요. 눈가와 이마와 입가로 엄마가 살살 번지기 시작해요.

찢어지게 어렵다던 시대, 어려운 집안의 장녀였던 엄마는 역시나 어렵던 집안의 아버지를 친척 소개로 만났다고 들었어요. 가진 게 젊은 몸 하나뿐이던 시절, 세상은 전쟁으로 어지럽고 불안하고 내일은 기약할 수 없었으니, 사랑은 더욱 간절하고 소중한 것이었겠지요. 엄마의 연애는 어떤 것이었을까요. 단번에 끓어올 랐을까요. 서서히 달아올랐을까요. 보자마자 반했어도 그 마음을 숨겼을까요. 처음 만나 차를 마시고 헤어졌을 거예요. 호기심 반 호감 반으로 다음 약속을 기다렸겠지요. 만나서는 또 차를 마시 고 나무 그늘을 따라 산책을 하고 밥을 먹고 헤어지고, 만남에 만 남을 더해가면서 서로의 마음을 확인하는 순간 가슴이 터질 것 같 았겠지요. 결혼을 결심하고 반대와 걱정이거나 안도와 환호 속에 혼인신고를 하고 작은 방을 얻어 소꿉장난 같은 신혼을 보냈을 거 예요. 사진은 색이 변하고 구겨지고 희미하고 누추하지만, 엄마 의 기억 속 그 시절은 선명하고 반듯한 행복이었겠지요. 사랑스 러운 어린 신부였던 엄마, 가난하지만 즐거웠을 신혼의 엄마, 젊 고 힘차고 아름답던 엄마. 안녕, 나예요.

첫 임신 때 아버지는 군에 계셨다고 했지요. 시집살이가 엄하 던 날들, 심한 입덧으로 사과가 그렇게나 먹고 싶었다고 했어요. 너무나 먹고 싶은데 그걸 살 돈도 사러 갈 짬도 없어서, 정말이지 깎아 놓은 감자 껍질이 사과 껍질처럼 보였다고요. 그러다가 엄 마를 측은히 여기시던 큰아버지가 쭉정이 사과 한 봉지를 사다 주 어서 장롱에 넣어 두었다가 밤에 혼자 드셨다고요. 사과를 깎을 때면 그 이야기가 떠올라요. 옛날이야기를 하시면서도 사과 껍질에 붙은 살점을 발라드시던 모습, 깎아 놓은 걸 드시지 왜 그걸 드셔요! 한소리 했던 기억도 나요. 엄마는 늘 그랬잖아요. 귤이나 감한 박스를 사면 그중 상하기 시작하는 것만 골라서 먼저 드셨어요. 냉장고의 반찬 중 상하려는 것들을 먼저 드시고요. 고기를 구우면 타버린 것들만 골라 드셨잖아요. 그때마다 엄마는 대체 왜 그래? 흘겨보며 소리 지르던 생각도 납니다.

건강했던 엄마를 힘들게 한 건 저였다고 들었어요. 달을 다 못 채우고 미숙아로 태어난 막내였다고요. 위험 속에서 갑작스럽고 고생스럽게 낳았는데 너무 작고 파리한 아이가 울음소리도 제대로 내지 않아서, 숨을 쉬는 건지 두려운 아버진 손가락을 제 코에 대 보셨다면서요. 아직 어린 아이들이 올망졸망한 집에 해야 할 일은 태산이었으니 몸조리를 제대로 했을 리가 없지요. 엄마는 쇠약해졌지만 저는 악바리처럼 자라났다고요. 오래도록 엄마 젖을 찾을 줄 알았는데 어느 하루는 제가 먼저 젖을 안 먹고 고개를 돌렸다지요. 막내딸, 너는 어려서부터 그렇게나 차가웠어, 엄마가 그랬어요. 엄마가 하고 싶었던 말은, 왜 이렇게 엄마에게 냉정하게 구느냐는 말이었겠지요. 젖을 알아서 끊을 만큼 당찬 아이가 너였어, 그런 말씀도 하셨지요. 아기가 당차 보아야 얼마나 당차겠어요. 그런데 그때 혹시라도 제가 그랬다면 평생의 당참을 그때 다 소진한 모양이에요. 이후로 별로 당차 보지를 못했으니까요. 다른 아이보다 일찍, 그것도 스스로 젖을 뗀 까닭은 아마도 평생 엄마를 쪽쪽 빨아먹을 거라서 그랬을 거예요. 저금이라고 할까, 보험이라고 할까. 미안함을 미리 면피했다고나 할까, 그런 거였을 거예요. 지금도 이렇게 엄마 추억을 빨아먹고 있잖아요.

엄마는 제게 뭘 하라고 시킨 적도, 권한 적도 없었어요. 아버지의 말씀들을 부드럽고 은근하게 전하셨지요. 구체적인 언어로는 아니었어요. 눈빛과 분위기, 한숨 같은 걸로 코치를 해주셨지요. 그게 엄마의 훈육법이었던 것 같아요. 제가 익힌 규칙들은 다음과 같은 것들이에요. 말대답은 안 되고, 남에게 신세 지면 바로 갚아야 하고, 폐를 끼쳐서는 안 되고, 경우 바른 사람이 되어야 하고, 귀가 시간은 밤 9시를 넘겨서는 안 되고, 술 마시면 안 되고, 담배는 꿈도 꾸면 안 되고, 남자를 만나면 안 되고, 가족 이외의 사람들과 여행을 가서는 안 되고, 당연히 MT도 안 되고 등등이요. 대학 졸업할 때까지 잘 지켰던 것 같아요. 그런데 취직하고 일하며 정신없이 살던 어느 날엔가, 갑자기 눈앞이 캄캄한 거예요.

이러다가 이게 일생이 되는 건 아닌가 싶은 거예요. 불안감에 숨이 컥컥 막히더라고요. 뭘 하고 싶은지, 뭘 할 수 있는지도 모르는 채 하라고 하는 일들을 하고, 하지 말라고 하는 일들을 금하며 살았어요. 물론 안전한 평화를 주었지만 어항 속 물고기, 조롱 속의 새 같았어요. 넓은 바다로도 하늘로도 절대 못 나갈 것 같았어요. 하루하루 매 순간이 시골 이발관에 걸린 풍경화처럼 심심하고 재미없었어요. 답답해 미칠 것 같았어요. 뒤늦은 사춘기가 온 거죠.

내가 하고 싶은 건 뭘까, 잘할 수 있는 건 뭘까, 고민을 했어요. 엄마 아버지께 의논을 하지는 않았어요. 그건 습관의 번복이 될 테니까요. 정반대로 하자, 내 맘대로 하자, 제로 베이스에서 생각했어요. 승진을 앞둔 회사를 그만두고 이전과 가장 거리가 먼 공부를 시작했어요. 아버지가 기겁을 하실 짧은 치마, 사내아이처럼 짧은 머리, 귀가 늘어질 정도의 커다란 귀고리, 40개가 넘었을 색색의 매니큐어들과 함께 밤을 새워 그림을 그리고 재봉틀을 돌리며 방을 전쟁터로 만들었지요. 그러는 과정의 저는 행복하고 재미있고 살맛 났지만 그걸 바라보는 엄마 아버지의 마음은 비행청소년을 보는 것처럼 조마조마 아슬아슬했을 거예요. 보다보다 언제고 한 번 크게 야단을 치리라 벼르는 아버지를 설득하고 달래면서, 쏟아지는 꾸중을 줄여주는 일도 엄마 담당이었어요. 아버지가 폭발하시기 전에 공부가 끝났고, 다시 취직을 해서 천만다행이었지요. 엄마의 치밀한 보호와 은밀한 지지가 없었더라면 그 공부, 절대로 마칠 수 없었을 거예요. 고맙습니다.

　엄마. 그때 저는 제게 주어지는 금지들이 죽기만큼 싫었는데요. 제 도전과 노력으로 있는 힘껏 그것들을 뛰어넘었다고 생각했는데요. 지금 생각해 보면 그게 아닌 것 같아요. 그 모든 것들은 이미 제 속에 새겨져 있었던 것 같아요. 손바닥 위의 손금들처럼, 늘어가는 주름들처럼 서서히 제 자신을 형성하고 현재와 미래를 규정하고 있었던 것 같아요. 결혼 같은 건 하지 말아야지, 아이 같은 건 낳지 말아야지, 낳아도 엄마 아버지의 방식으로 키우지는 말아야지, 그렇게 늙어가지는 말아야지, 하는 식으로 다짐 자체가 점점 묽어지고 무너졌고요. 결국은 남들과 똑같은 여자가 되어버렸어요. 아이들에게 제가 하는 짓을 보면, 엄마를 많이 닮았어요. 엄마처럼 살지 않겠다고, 세상의 많은 딸들이 하는 대사를 저도 외쳤는데 그게 맘대로 되는 게 아니더라고요. 나보다는 식구들을 먼저 생각하고, 맛있는 거 좋은 거 생기면 아이들에게 주고 싶어지는 거예요. 철마다 사 입던 옷과 신발들은 아이들에게 돌아갔고요. 아이들이 웃는 소리, 맛있게 먹는 모습, 즐거워 지르는 환호 같은 것들이 아주 크고 확연한 행복으로 느껴지는 거예요.

　그런데 엄마. 세상의 엄마들은 왜 엄마가 될까요. 그게 뭔지 알고나 되는 걸까요. 엄마도 제게 말해준 적이 없지만, 이제 전 알아요. 엄마가 되면 가슴이 젖이 돼요. 비밀스럽던 몸은 산과産科의 침상 위에 전시돼요. 처음 아이를 낳고 젖을 물릴 때의 느낌을 엄마는 기억하나요? 어땠어요? 세상 무엇과도 비교할 수 없는 감동이라고 하는데 엄마도 그랬어요? 전 아니었어요. 생명의 환희도 맞고, 무사 출산의 감사도 맞고, 사랑의 결실이라는 감격도 맞는데 그게 전부는 아니었어요. 뭔지 모를 이물감이 몰려왔어요. 아름다운 가슴은 사라지고 공개적인 젖이 되었어요. 나는 사라지고 어미가 되었어요. 나를 닮은 것도 같고 아닌 것도 같은 아이가 눈도 채 뜨지 못한 채 젖을 찾아 입을 벌릴 때, 애무의 대상이었던 가슴을 물고 빨 때, 그리로 무언가 내 속의 것이 울컥울컥 빠져나갈 때 제 존재는 더욱 사라져갔어요. 외출했을 때 아이가 배고파 보채는데 바로 젖을 물릴 수 없을 때면 피가 말랐어요. 마트에 수유실이라도 있으면 다행이지만, 나들이길에서는 담요나 점퍼로 가리고 젖을 물렸어요. 부끄러움은 불경스러운 감정이었어요. 강해져야 했어요. 아이가 아프기라도 하면 그보다 몇 배 더 큰 공포와 통증을 느꼈어요. 그래도 담대해져야 했어요. 저의 것이라면 허기도 졸음도 통증도 느낄 수 없었어요. 그럴 겨를이 없었어요. 아이를 제외한 모든 것들에 무감각해졌어요. 겨우 석 달간의 엄마였는데 엄살이 너무 심했던 걸까요. 적응 기간이 짧았던 걸까요. 제 자신의 상실을 느끼지 못하도록 감정적 보호기제가 작동한 걸까요. 출산휴가가 끝나고 회사로 복귀하면서, 예전의 옷들을 꺼내 입으면서, 커피를 마음껏 마시면서 속으로 만세를 외쳤어요. 이제 아이는 우리 엄마가 봐줄 거고, 우리 엄마는 세상 가장 완벽하고 안전하고 믿음직스러운 육아 전문가였으니까요. 저는 네오르네상스를 누릴 거니까요. 아이를 향한 커다란 그리움과 미안함은 물론 있었지만 그것도 팔자려니 생각하기로 했어요.

호시절이 이어졌어요. 아이도 커리어도 통장도 무탈하게 잘 자라는 날들이었어요. 그러다가 다니던 회사가 부도가 났어요. 불황이 이어지고 도산하는 회사들이 줄을 잇던 때였지요. 정리 해고와 함께 둘째를 갖게 되었어요. 아들로 대를 이어야 한다는 시댁의 바람과 함께 어떻게든 되겠지 싶은 순진한 환상과 누군가 또 도와주겠지 하는 무모한 기대가 있었을 거예요. 하지만 아버지의 회사도 부도가 났어요. 어떻게든 부도만은 막으려고 애쓰시던 몇 달이 지나, 완전히 무너지게 되었지요. 회사를 다시 일으키려는 아버지의 몸부림은 소용없었어요. 엄마는 아버지에 대한 걱정으로 울다가 아프다가, 속이 터질 것 같다고 가슴을 치곤 하셨어요. 그러는 중에도 제 배는 부풀어서 둘째를 낳았고요. 아이가 커가는 것과 비례해서 엄마는 점점 더 아파했어요. 화병이겠거니, 병원엘 가셨으니 좋아지겠거니 했어요. 졸지에 전업주부에 두 아이 양육자가 된 일상이 하도 고단해서 안부를 찬찬히 묻고 살필 여유도 없었고요. 하루 24시간짜리 엄마란 이런 것이구나, 실감했어요. 젊은 내가 힘드니 늙은 엄마는 얼마나 힘들었을까 싶었고요. 하나부터 열까지 묻고 싶은 게 많았지만 엄마는 입원과 수술과 퇴원을 되풀이했고, 그러는 사이 친정집은 남의 손에 완전히 넘어갔어요. 거대한 빚을 안은 채 거처할 집도 없이 엄마 아버지는 자식들의 집을 전전해야 했지요.

엄마가 우리 집에서 지내는 순서였어요. 작아진 엄마가 아버지 손을 잡고 오셨어요. 손에는 어김없이 아이들 먹을 도넛 포장이 들려 있었지요. 이런 걸 왜 사오느냐고 저는 타박을 하고, 큰아이는 할머니 할아버지 오셨다고 좋아서 팔짝팔짝 뛰었어요. 아직 어린 작은아이는 아버지가 받아 안으셨지요. 엄마는 큰아이 한 번 보고 작은아이 한 번 보고, 제 얼굴 한 번 보고 작게 웃으셨어요. 손에는 여전히 꽃무늬 손수건을 쥐고요. 칼라에 반짝이가 달린 베이지 색 스웨터에 절에 갈 때 입으시는 회색 바지를 입고, 염색을 못해 거의 하얗게 변해버린 머리를 하고요. 제대로 드시지도 못하고 힘에 부쳐 계시면서도 늘 뭔가 도와주고 싶어 하셨어요. 종종걸음으로 바빠서 베란다에 다 마른 기저귀를 종일 걷지 못했는데, 그걸 대신 걷으려고도 하셨지요. 관 뚜껑처럼 빳빳하게 보이는 기저귀를 한 아름 안으려다가 어지럼증에 주저앉아 버린 엄마는 이런 것도 해줄 수가 없구나, 중얼중얼하셨고요. 놀라 달려가며 그러게 왜 이런 걸 한다고 그래, 하며 저는 화를 냈어요.

　목욕 시간이면 엄마는 부끄러워하셨어요. 몸도 몸이지만 배변 주머니에서 악취가 난다고요. 악취라면, 엄마 평생 무수히 많이 겪으셨잖아요. 엄마의 아이들 넷에 일찍 잃었다는 오빠뻘 아이와 오래도록 치매를 앓으신 시어머니까지, 매일 끝도 없이 치우고 또 치우고 악취를 향기로 바꾸려 애를 쓰셨잖아요. 그런 엄마의 냄새라면 당연히 달게 받아 안아야 하는데 저는 그러지 못했어요. 아이들의 기저귀와는 다른 냄새였거든요. 엄마 앞에서는 아니라

고 괜찮다고 했지만 실은 힘들었어요. 엄마뿐 아니라 내 몸속에
도 늘 그런 냄새들이 고여 있겠구나, 사람이란 밀봉이 부실한 오
물 주머니에 불과하구나, 싶었으니까요. 비닐주머니를 채우는 뜨
뜻미지근한 오물을 보고 있으면 정말이지 너무나 참담해졌어요.
그 주머니는 평소에도 새어나오기 쉬웠고, 주머니를 끼우는 부위
는 생살을 뚫어 만든 상처였으니, 쉽게 덧나곤 했어요. 그러면 주
머니를 떼어내고 잘 닦고 건조시킨 후 꼼꼼히 약을 발라주어야 했
는데, 그 일은 늘 아버지 담당이었지요. 아버지는 한 번도 찡그리
는 법 없이 모든 일을 해내셨고, 그럴 때마다 엄마는 미안하고 속
상해하셨어요. 그런데 딸이라는 저는 어쩌다 한 번을 힘겨워했으
니, 부족해도 한참 부족했지요. 엄마 곁에 있을 때면 실제로는 없
는 냄새를 맡기도 했으니, 그토록 어이없고 철없는 후각이라니,
제가 그 정도로 어리석고 이기적이라는 거죠.

　제가 한 일이라고는 아주 가끔 아이들과 병문안 가는 것이었어
요. 몇 가지 드실 것을 만들어 가기도 했어요. 요리책을 보고 유부
초밥, 김치 김밥 같은 요리 아닌 요리와 콩자반, 계란말이, 나물
무침 같은 것을 만들었어요. 김치김밥은 그때 단 한 번 말아 보았
어요. 김치를 송송 썰어 물기를 짜낸 후 참기름 깨소금으로 무치

고 다른 재료들과 함께 말면 되는데요. 김치 짜내기를 대강 한 탓에 김밥은 축축하게 되어버렸지요. 그래도 달게 드셨어요. 6인실 병실의 침상마다 두어 개씩 나누어 드리라고 하셨고요. 우리 막내가 처음 만 김밥이라고 자랑하시면서요. 이제 김치김밥은 만들지 않아요. 병원 냄새가 나는 것 같고, 어쩐지 슬퍼져서요. 그런데 엄마는 제게 칭찬을 정말 푸짐하게 많이 해주셨어요. 별거 아닌 일에도 굉장히 기뻐하시고, 칭찬과 자랑을 폭포처럼 쏟아부으셨어요. 글짓기 대회 상장을 받아올 때, 웅변대회에 뽑혀 나갈 때, 지난 학기보다 오른 성적표를 받아올 때마다 온 동네가 떠나갈 듯 좋아하셨지요. 엄마는 아버지보다 목소리도 컸고 매사에 정열적이셨던 것 같아요. 고등학생 때 수제비를 끓인 적이 있어요. 학교 숙제였는데 그걸 참 맛나게 드셨어요. 집에 들르신 아버지께도 막내딸이 끓인 거다, 아주 맛있다, 하시면서 상을 차리셨지요. 온갖 김치들을 잔뜩 담그는 엄마에게 따끈하고 달콤한 커피 한 잔이라도 타드리면 너무 맛있다, 우리 막내딸이 최고라며 웃으시곤 했어요. 퇴근길에 체리 맛 아이스크림을 사갈 때도, 노란 국화 흰 국화 화분들을 배달시켰을 때도 엄마는 눈물이 날 만큼 고마워하셨지요. 엄마는 그런 사람이었어요.

엄마가 앓는 동안 저는 출구를 찾아 헤맸어요. 공부를 더하기로 했어요. 딱히 뭐가 되고 싶은 것도 아니면서 아무것도 안 하는 것보다는 낫겠지 싶은 안간힘이었어요. 주변의 반응은 냉랭했지요. 어린아이 둘에 정리 해고되어 힘들다면서 무슨 공부냐, 팔자 좋다, 철없다, 비난의 눈길들을 보냈어요. 엄마가 또 한 번의 수술을 하고 나온 날이었는데요. 마취도 덜 깬 엄마의 귀에 대고 속삭였어요. 엄마, 나 합격했어! 엄마는 제 손을 간신히 쥐어주셨어요. 엄마가 얼른 나아서 나 도와줘야지, 그래야 내가 공부할 수 있어요. 그 말에는 웃는 듯 입꼬리가 살짝 올라갔고요. 기력을 찾으신 며칠 후에 엄마는 온 병실 사람들에게 우리 막내딸이 박사라며 자랑하셨지요. 이후로도 얼마나 자랑이 심하셨던지 병실 문을 열고 들어가면 박사 막내딸 왔네, 하며 모두들 아는 체를 하셨지요. 놀림이 반이었겠지만 전 이미 전 과정을 마친 것만 같았어요. 엄마가 자랑스러워할 만한 딸이 된 것도 같았어요. 엄마 칭찬은 언제나 진심 100%여서 저는 늘 100%로 행복해지곤 했어요. 엄마가 괜찮다고 하면, 저는 안심이 되었어요. 안심할 상황이 아닌 걸 뻔히 알면서도 언젠가 반드시 좋아질 거라고 믿게 되었어요.

엄마가 병원에 계셨어도 저는 괜찮았어요. 시간이 지나면 좋아질 거라고 하셨으니까요. 엄마만 그런 게 아니라 온 식구들이 제게 그렇게 설명했으니까요. 요번 수술만 잘되면, 요번 치료만 끝나면 조금은 더 괜찮아지실 거라고 믿었으니까요. 그게 오해였음을 알게 되는 데는 오래 걸리지 않았어요. 위중하시다는 연락을 받고 달려갔다가 다시 괜찮아지시기를 몇 번, 어느 새벽 엄마가 돌아가셨다는 전화가 왔어요. 그게 무슨 소리냐고 식구들에게 물었지요. 엄마는 곧 나을 거라고 했으면서 대체 무슨 소리냐고요. 엄마가 암이었다는 것을, 그것도 말기였다는 것을 그제야 알았어요. 치료의 과정이 아니라 죽음의 과정이었음을 그때서야 알았어요. 임신한 제가 놀랄까 봐 아버지가 입단속을 시키셨던 거예요. 혼절을 하고 일어나도, 날이 바뀌어도 달라지는 게 없었어요. 엄마는 네모난 액자 속에서 둥글고 환하게 웃고 계셨지요. 괜찮다는 음성이 들리는 것만 같은데 돌아보면 아무도 없었어요.

맞아요. 아무도 없었어요. 엄마가 없으니 아무도 없는 것과 같았어요. 슬프지도 아프지도 않았어요. 아무 느낌이 없었어요. 아침부터 저녁까지 두 아이들을 따라다녔어요. 두 아이도 저도 아프던 비 오는 날에는 유모차를 끌고 업고 한쪽 어깨로 우산을 지탱하며 병원엘 갔어요. 진찰을 하던 여의사가 말해요. '많이 아팠겠네.’ 그 말에 눈물이 터져 나왔어요. 엄마가 해주었을 말이었거든요. 우리 막내, 많이 아팠겠네, 그렇게 들렸거든요. 자꾸 가슴이 답답했어요. 아무 생각도 할 수 없었어요. 나갈 수 있는 문이 없었어요. 말할 사람도 없었어요. 그러던 어느 밤, 아이들을 재우고 텅 빈 모니터를 들여다보다가 엄마, 하고 불러보았어요, 써보았어요. 언제나 제일 싼 파마를 해서 촌스럽게 꼬불꼬불했던 머리, 삶고 빨고 다리고 다지고 지지고 담그고 쓸고 닦고 치우느라 마를 틈이 없던 퉁퉁한 손, 아이고 다리야 끙끙 앓다가 잠들 때면 들리던 불규칙하게 코고는 소리, 라지오 좀 틀어라 라지오, 아니, 엄마 라디오라니까, 그래 라디오, 타박에 금세 작아지던 목소리, 거친 각질이 가득한 발뒤꿈치와 돌아서기 무섭게 뿌리부터 밀고 올라오던 흰 머리에 단 한 번도 염색약을 발라드린 일이 없었는데. 엄마, 엄마, 울며 자판을 두드렸어요. 무슨 말을 하고 있는 줄도 모르면서 쌓였던 말들을 쏟아냈어요. 새벽이 되어서야 손은 멈춰졌고 어깨를 들썩이던 울음도 잦아들었어요. 손목은 뻐근했고 눈은 부었고 손가락 끝은 빨갛게 달아올랐어요. 목이 말랐고 조금 어지러웠는데 숨통이 트이는 것 같았어요. 엄마에게 울며 하소연하면서 첫 글이 시작되었어요.

엄마와 살 때는 엄마 잃은 꿈을 꾸고 울며 깨고, 지금은 생시의 엄마 꿈을 꾸며 울고 깨요. 예전에는 엄마가 마루를 건너와 괜찮다, 괜찮다 해주었고 나중에는 어린아이가 우는 저를 안고 괜찮다고 해주었어요. 지금도 그런 꿈을 꾸지만 이젠 그냥 눈물 닦고 물 마시고 다시 잠을 청해요. 이 모든 게 꿈이라고, 꿈속의 꿈일 뿐이라고, 결국은 다 지나갈 거라고 생각하면서요. 그래도 엄마,라고 부르는 일은 여전히 슬프고, 엄마,라고 듣는 일은 어쩐지 부끄러워요. 내가 엄마 역할을 제대로 하고 있나 싶어서요. 엄마는 평생 조연이었지요. 그것을 한탄한 적도, 원망한 적도 없었고요. 있는 듯 없는 듯 식구들을 위한 일들을 대가없이 묵묵히 해내면서 늙어갔지요. 식구들에게 뭐라도 더 해주는 것으로, 그네들이 편안하고 즐거워하는 것으로 엄마의 기쁨을 대신했어요. 뭐가 먹고 싶다, 갖고 싶다 하신 적도 없었어요. 아, 바람 쐬러 가는 건 참 좋아하셨어요. 아버지와 함께하는 드라이브길 내내 엄마는 창을 열고 바람을 맞으며 좋아하셨어요. 아무것도 안 하고 가만히 있어도 되는 그 시간이 엄마의 유일한 휴식이었던 것 같아요. 뒷자리에 앉아 사이드미러에 비치는 엄마 얼굴을 보고 있으면 기분이 이상했어요. 잘 웃고 씩씩하고 긍정적인 엄마가 아니라 쓸쓸하고 허망한 표정의 늙은 여인이 앉아 있었으니까요. 식구들이 모두

나간 집에 혼자 있을 때 엄마 표정이 그런 것은 아니었을까요. 지금 먼 곳에 계신 엄마의 표정이 그런 것은 아닐까요.

　엄마는 왜 힘들다는 말을 안 했어요? 싫다는 말, 안 한다는 말, 못 한다는 말을 왜 안 했어요? 그런 적이 없었나요? 말해도 소용없다 여겼어요? 엄마는 왜 그렇게 주기만 했어요? 그렇게 다 주는 게 엄마의 의무라고 생각했어요? 우리는 어떤 사이였어요? 엄마도 나도 한 번도 제대로 이야기를 나눈 적이 없었어요. 속엣말을 털어놓은 적이 없었어요. 저는요. 엄마가 주기만 하는 사람이라서, 엄마 자신에 대해 아무 대책이 없는 사람이라서, 너무 바보처럼 사는 사람이라서 싫었어요. 딸들은 다 엄마를 닮는다는데 나도 엄마처럼 살까 봐 싫었어요. 엄마와 둘이 앉아 술 한잔 할 수 있었으면 좋았을 텐데요. 그랬으면 평생 참으며 쌓아두었을 뒤란의 그 마음들을 좀 들을 수 있었을 텐데요. 조금이라도 풀어드릴 수 있었을 텐데요. 엄마가 정말 싫은 건 아니고 아주 많이 좋았던 거라고 본심을 말했을 텐데요. 엄마는 취하면 어떻게 변해요? 막내딸이 취하면 어떻게 변하는지 궁금하지 않으세요? 저는 취하면 잘 웃고 많이 떠들고 겁이 없어져요. 엄마를 닮은 모습이 나오는 것 같아요.

여전히 세상은 소란스럽고, 사는 일은 만만치 않아요. 어디로 가야 할지, 어떻게 해야 할지 모를 때가 많고요. 그러면 저는 엄마를 불러요, 생각해요. 아프리카 사람들은 누군가가 죽으면 바로 잊으려 애쓰지 않는다지요. 밥상에 늘 그의 밥그릇을 놓고, 그가 거기 있는 것처럼 말을 건넨다고요. 그 사람을 완전히 잊을 때까지 함께 산다는 거예요. 영원이라는 거겠죠. 엄마도 그래요. 아무데로도 사라지지 않았어요. 제 속에, 제 영원만큼 함께 있어요. 엄마는 길 찾기 도사였잖아요. 낯선 드라이브를 나가도 엄마만 있으면 길을 잃을 염려가 없었지요. 엄마만 볼 수 있는 마음의 지도 같은 게 있었던 것 같아요. 그래서 걱정 마라, 잘될 거다, 괜찮다, 더 잘될 거다, 하신 게 아닐까요. 엄마는 때마다 절기마다 무릎이 상하도록 열심히 기도하셨지요. 식구들의 이름으로 연등을 달고, 기와도 올리시고요. 아마 지금 그곳에서도 기도하고 계실 것 같아요. 덕분에 모두들 이렇게 안녕하고 있는 거겠지요. 무엇이든 긴 시간을 들여 사랑받을 때 진짜가 된다지요. 그래서 저는 진짜가 되었고, 더욱 진짜가 되어가고 있는 것 같아요. 엄마가 여전히 저를 사랑해주고 계시니까요. 제 말이 맞지요? 너무 쓸쓸해하지 말고 잘 지내요, 엄마.

김박은경 2002년 《시와 반시》로 등단하였으며, 시집으로 『온통 빨강이라니』, 『중독』, 산문집으로 『홀림증』이 있다.

• 김상미

한 세기에서
다음 세기로

어머니의 가장 놀라운 점은 다 죽어가던 풀마 나무도 어머니에게로만 오면 모두 다 잘살아 내 되살아나다 것이었다. 그리고 지금 또, 어머니만큼 애절하고 긴 죽음의 시간을 보지 못했습니다.

어머니! 참 오랜만에 소리 내어 어머니를 불러봅니다. 아무리 소리 내어 어머니를 불러보아도 어머니는 지금 제 곁에 계시지 않다는 걸 알면서도 소리 내어 어머니를 불러봅니다. 어머니! 저는 지금 어머니가 좋아하시던 복사꽃이 활짝 핀 옛집 근처, 바다가 보이는 언덕에 와 있습니다. 어머니와 함께 오르내리던 그 언덕길이 지금은 구불구불한 오솔길이 아니라 근사한 산책로로 변해 있습니다. 이제는 어딜 가든 어느 곳을 가든 변하지 않은 곳이 없습니다. 집도 길도 동네도 재빠르게 현대화되어 옛 정취를 느낄 수 있는 곳이 점점 드물어지고 있습니다. 너무나도 빠르게 옛것이 새것으로 변하는 걸 바라보면서 마치 제 자신이 조금씩 사라지고 있는 듯한, 울컥하는 아픔을 느낍니다. 옛사람들의 냄새가 대지에서 사라지는 듯한, 우울한 아픔! 그럼에도 자연은 어김없이 우리에게 새봄을 보내고 어김없이 새봄을 거둬갑니다.

유난히 봄을 좋아하셨던 어머니. 대기에 봄기운만 비치면 쑥 캐러 가자, 꽃구경 가자고 조르시던 어머니. 나이가 들수록 어머니가 참 그립습니다. 나이를 먹을수록 점점 더 어머니와 가까워져 때로는 거울 속의 제 얼굴이 어머니의 얼굴처럼 보여 깜짝 놀라기도 합니다. 딸은 어머니를 닮는다는 말, 정말 맞는 말인가 봅니다. 어머니처럼 저도 이렇게 늙어가고 있는 것을 보면.

어제는 책을 읽다 문득 책장에 꽂힌 오래된 앨범을 꺼내 보았습니다. 워낙 사진 찍기를 싫어해 어머니와 찍은 사진은 몇 장밖에 되지 않았습니다. 어머니뿐만이 아니라 아버지, 형제들과 함께 찍은 사진도 손가락으로 꼽을 정도밖에 되지 않아 마음이 참 아프고 안타까웠습니다. 세월이 갈수록 남는 것은 사진뿐이니 많이 찍어두라고 하던 사람들의 말을 깊이 새겨들을 걸 그랬습니다. 지금은 늘 가방 속에 카메라를 넣고 다니면서 말입니다. 그때는 왜 그렇게 사진 찍는 게 부끄럽고 쑥스러웠는지 모르겠습니다. 그래도 어머니는 제 가슴속에서 누구보다도 환하게 웃고 계십니다. 유독 웃는 모습이 참 고왔던 어머니. 아무리 거울 앞에 서서 어머니처럼 그렇게 환하게 웃어보려고 해도 저는 잘 되지가 않습니다. 그래도 동생인 점미는 어머니의 웃는 모습을 많이 닮아 점미가 환하게 웃을 때면 어머니를 보는 듯 그리움에 마음이 짠해집니다.

어머니는 누구나가 존경하는 학자 집안인 창녕 조씨 집안의 막내딸로 태어나 남부럽지 않게 참 곱게 자라셨지요. 당시 외할아버지는 일본인들도 함부로 대하지 못할 만큼 덕망 있고 인품 좋은 의사이면서 교사였지요. 그리고 막내딸인 어머니를 참 많이 사랑하셨지요. 언제나 씩씩하고 열정적인 데다 독립심 강하고, 똑똑하고, 음식 솜씨, 바느질 솜씨까지 뛰어나 동네 어른 분들은 모두 어머니를 며느리 삼고 싶어 하셨다지요. 아마도 그때가 일제강점기 시절만 아니었다면 어머니는 누구보다도 멋지고 참한 신식 여성이 되었을 것입니다. 하지만 운명은 어머니에게 가혹하여 어느 날, 갑자기 외할아버지께서 심장마비로 돌아가시게 되어 혹 막내 딸인 어머니가 일본 정신대에 끌려갈까 두려워한 외할머니께선 얼굴 한 번 본 적 없는 아버지와 번개 결혼을 시켜버렸지요.

불행하고 암울한 시대에 태어나 모든 꿈을 접고 열여섯에 농부 집안으로 시집간 어머니. 대부분의 여성들의 운명이 그렇듯이 어머니의 운명도 결혼과 함께 많은 변화를 겪게 되었지요.

부농이라 할 만큼 꽤 잘사는 농부의 외동아들인 아버지는 할머니 할아버지의 과잉 사랑에 익숙한, 무엇이든 마음대로, 하고 싶은 대로 해야 직성이 풀리는, 누구보다도 자신이 가장 소중한 사람이었지요. 게다가 외모 또한 수려하고 아주 멋쟁이인 데다 머리 좋고 박식하고 인심까지 후해 주변엔 항상 사람들로 들끓었지요. 그 때문에 외출과 외박이 잦아 늘 어머니를 외롭게 만들었지요.

참으로 곱게 늙으신 어머니의 사진을 오랫동안 들여다보면서 그때 만약 어머니가 아버지와 결혼하지 않고 다른 길을 가셨다면……, 분명 어머니는 여교사나 작가, 학자가 되었을 것입니다. 아니면 아버지보다 더 좋은 남편을 만나 행복한 가정의 사랑받는 아내, 어머니, 며느리가 되었을 것입니다. 아버지도 능력 있고 좋은 분이었지만 어머니와는 잘 맞지 않았습니다. 게다가 아들 말이라면 죽는 시늉까지 마다 않던 할머니와 두 시누이의 끊임없는 간섭에 어머니는 하루도 편할 날이 없었지요. 어머니는 그 모든 것에 의연하기 위해 참 많은 시간을 홀로 눈물 지으셨습니다. 어린 제 눈에도 고모들이 미울 정도였으니까요. 특히 작은고모는 좋은 것이 있으면 무엇이든 자기 것으로 만들고야 마는 욕심 많은 성격이었지요. 남동생이 자꾸만 밖으로, 밖으로 눈을 돌리면 야단을 치거나 달래야 할 텐데도 오히려 그것을 부추겼지요. 그러다 할아버지가 돌아가시자 할머니를 꼬드겨 그 넓은 논밭을 하나하나 팔아치우기 시작했지요. 대학생인 아버지는 늘 바깥으로 떠돌고, 어머니 혼자 시어머니와 시누이들을 당해 내기엔 역부족인데다 갈수록 고부간의 갈등은 심화되어 갔지요. 어머니 혼자 아무리 안간힘으로 지혜롭고 현명하게 대처하려 노력해도…… 이미 새기 시작한 구멍을 막을 수는 없었지요.

*

젊은 날의 어머니를 생각하면 정말 마음이 아픕니다. 겨우 일 제강점기와 한국전쟁(6·25전쟁)이라는 큰 산을 넘어 대학 공부를 다 마친 아버지와 오순도순 행복한 가정을 꾸려나갈 희망에 부풀어 있었는데……. 어머니 앞에 나타난 아버지는 도시에서 다른 여자와 딴살림을 차리고 있었지요. 그리고 그 많던 논밭도 야금 야금 사라지고……. 결국 어머니는 시어머니와 두 자식을 데리고 시골에서 도시로 이사를 할 수밖에 없게 되었지요.

부산시 동구 초량동, 제가 태어난 곳.

제가 태어났다는 소식을 듣고 집으로 돌아온 아버지. 아버지는 제가 아들인 줄 알고 무척 기뻐하셨다지요. 그러다 어느 날, 목욕 중인 저를 보고 무지무지 화를 내셨다지요. 딸을 아들이라 속였다고요. 아무도 저를 아들이라 속이지 않았으며 처음부터 아버지 혼자 아들이라 생각했음에도 불구하고. 그 이후로 아버지는 한 번도 저를 안아준 적이 없었다지요. 아무리 그 옆에서 울고 있어도.

그래도 저는 괜찮습니다. 어쨌든 저 때문에 아버지는 새 여자와 헤어지고 어머니에게로 돌아왔으니까요. 어머니도 저를 낳으실 때 별다른 진통 없이 아주 손쉽게 낳으셨다지요. 배에 힘 한 번 주니 제가 쑥 나왔다지요. 어머니께 그 말을 들었을 때 저는 참으로 기뻤습니다. 뱃속에 있을 때도, 태어날 때도, 태어나서도 저는 어머니께 큰 폐를 끼치지 않았다는 게 어찌나 위안이 되던지요. 아마도 저는 태어나기 훨씬 전부터 독립적이고 염치 있는 낙천가임이 분명한 듯합니다(어머니께서 질색하시는).

　하지만 어머니. 어머니는 저와 달리 언제나 조용하고, 정갈하고, 엄격한 분이셨지요. 저처럼 무엇이든 서툴고, 느리고, 천하태평이 아니라 무엇이든 잘하고 솜씨 또한 뛰어나셨지요. 우리들이 중학교에 들어가기 전까진 어머니께서 항상 우리들의 옷을 만들어 주셨지요. 옷뿐만 아니라 가방, 장갑, 모자까지도. 그리고 아무리 바빠도 꼼꼼히 신문을 다 읽으시고 재미있는 기사나 유익한 기사는 우리에게 읽어주거나 이야기해 주셨지요. 그 덕분에 우리 형제들 모두가 책과 음악, 그림을 좋아하게 되었는지도 몰라요. 하지만 어머니의 가장 놀라운 힘은 다 죽어가던 꽃과 나무들이 어머니께로만 오면 모두 다 싱싱하게 되살아나던 기억입니다. 그리고 저는 또 어머니만큼 깨끗하고 부지런한 사람을 보지 못했습니다. 어쩌다 제 친구들이 우리 집에 놀러오면 집안 구석구석의 그 정갈하고 깨끗함에 입을 다물지 못했지요.

　하지만 어머니, 저는 어머니의 그런 완벽함이 마음속으로는 참 부담스러웠습니다. 편하지 않았습니다. 언제나 깨끗하고, 조용하고, 흐트러짐이 없어야 하는 우리 집이 숨 막혔습니다. 그래서 저는 왜 우리 어머니는 다른 집 어머니들처럼 크게 웃지도, 수다스럽지도, 정이 넘쳐나 보이지도, 유머러스하지도 않는 걸까? 가끔은 다른 집 어머니들이 참 부러웠습니다. 하여 저는 어머니처럼 참하고 완벽한 사람이 되고 싶지 않았습니다. 좀 모자라고 덜 완벽해도 자신의 감정에 솔직하고 자유로운 사람이 되고 싶었습니다. 어떤 환경에도 구애받지 않는 편하고 씩씩하고 유쾌한 사람이 되고 싶었습니다. 그 때문에 어머니와 저는 좀처럼 친해지지 못했지요. 어머니께 저는 늘 못마땅하고 모자라는 아이였지요. 그럴 만도 한 게 다섯 형제 중 인물도 제가 제일 못하고 몸도 제일 약하고 키도 제일 작았지요. 못 말리는 호기심 탓에 공부보다 다른 데 더 넋을 놓고 다녔지요. 그런 저를 가족들은 모두 모개(못난이)라고 불렀지요. 하지만 저는 예쁘지 않은 제가 밉지도 싫지도 않았습니다. 이상하게도 저는 모개라고 불리는 제가 참 좋았습니다. 오히려 가족들 중에 제가 가장 못난이여서 다행이라 생각했습니다. 외모 때문에 남다른 관심을 받지 않고 어디든 조용히 숨어 있을 수 있었으니까요. 그 당시 유행했던 남진의 노래처럼 '얼굴이 예뻐야 여잔가. 마음이 고운 여자가 진짜 여자지' 라며 저도 얼굴보다는 마음에 더 많은 점수를 주고 싶었는지도 모릅니다.

그래도 저는 어머니와 함께한 산수놀이(덧셈, 뺄셈, 곱셈, 나눗셈을 이용해 하는 숫자놀이)와 말잇기놀이, 주판, 오목놀이 등은 정말 재미있고 즐거웠습니다. 그 덕분에 산수와 국어 성적이 아주 좋았으니까요. 그리고 그때 즐겨 한 말잇기놀이 덕분에 새로운 낱말에 관심을 가지게 되고 그 관심이 책과 글 쓰는 길로 저를 인도했는지도 모릅니다.

❊❊❊

그래도 가장 잊을 수 없는 건, 제가 다섯 살 때였던가요? 아이들과 소꿉장난을 하다가 동네 어른께 골목길 더럽힌다며 혼나 도망치다가 길을 잃은 적이 있었지요? 신작로를 따라 하염없이 달리다 문득 멈춰 서보니 한 번도 와본 적 없는 낯선 동네에 혼자 서 있는 게 아니겠어요. 어찌나 무섭고 두렵던지 태어나 처음으로 혼자서는 감당할 수 없는 커다란 공포와 맞닥뜨린 거죠. 저는 너무나 무섭고 아득해 낯선 거리에 서서 엉엉 목 놓아 울었지요. 그

때 제 옆을 지나가던 파출소 급사 아가씨가 저를 파출소로 데려갔지요. 아주 친절한 그 아가씨 덕분에 저는 공포에서 조금씩 벗어나 잠이 들었나 봐요. 깨어나니 어느새 밤이 되어 있었고, 정신없이 달려온 어머니의 품에 안겨 있었지요. 어찌나 반갑고 고맙던지……. 그때 깨달았지요. 어머니의 사랑과 어머니라는 존재! 어머니는 나를 사랑하고 있었구나. 어머니라는 존재는 언제든, 무슨 일이 일어나든, 내가 어디에 있든, 나를 지켜주고 보호해 주는, 내게는 정말 소중한 사람이구나. 그 깨달음은 어린 나이에도 불구하고 제게 어머니에 대한 깊은 신뢰와 함께 '가족' 이라는 의미를 제 마음 깊이 각인시켜 주었지요.

아버지가 제법 큰 제약회사에 취직하여 우리 가족은 작은고모네에서 먼 영도 동삼동으로 집을 옮겼지요. 어머니는 그곳에서 작은 양계장과 사료가게를 하셨지요. 저는 그때의 우리 집이 참 좋습니다. 그때의 어머니와 아버지, 형제들이 참 좋습니다. 그때는 우리 집이 그 마을에서 꽤 부유하여 어머니는 가난한 사람들을 참 많이 도와주셨지요. 저는 등교하는 오빠와 언니를 따라 학교까지 갔다가 혼자서 돌아오는 그 길을 참 좋아했지요. 때로는 동생을 업고 가기도 한 그 길목에서 바라보던 하늘과 바다. 그 둘이 만나는 푸른 수평선. 그 너머의 왕국을 꿈꾸며 두 동생에게 많은 이야기들을 들려주었지요. 대개가 할머니나 오빠에게서 들은 동화나 옛날이야기들을 약간 변조(^^)한 것들이지만. 그래도 동생들은 제가 해주는 이야기들을 참 좋아했어요. 그리고 저 역시 동생들이 너무너무 사랑스러웠지요. 어머니가 키우는 병아리들처럼 제 눈에는 동생들도 노랗고 작은 예쁜 새들 같았어요. 그 때문인지 몰라도 저는 아직까지도 노란색만 보면 가슴이 설렌답니다. 삐약삐약! 끊임없이 재잘대던 노란 병아리 떼, 노란 개나리꽃. 그리고 마당에서도 보이던 푸른 바다. 그 바다에 반짝이는 은하 세계를 만들며 내려앉던 햇볕. 저는 신기루와 비슷한, 햇빛에 반짝이는 물결을 오랫동안 바라보는 걸 좋아했지요. 한참을 바라보다 일어서면 아찔! 하는 진기하면서도 약간은 감동적인 그 현기증까지. 그리고 아버지와 함께 만들었던 꽃밭. 썰물 때면 할머니랑 바닷가로 달려가 조개랑 멍게, 해초를 줍던 기억들. 바위에 착 달라붙어 있던 문어를 발견, 속으론 무지무지 무서우면서도 죽어라고 잡아당겼던 기억들. 언니 오빠의 교과서를 몰래 훔쳐보며 혼자서 한글을 한 자 한 자 그림 그리듯 깨우쳤던 그 희열!

어머니는 그런 저를 대견해하셨지요. 장사하시느라 저와 두 동생을 제대로 돌볼 시간이 없으셨던 어머니. 어머니는 제 머리를 쓰다듬어주시며 기특하게도 네가 동생들을 참 잘 돌보는구나. 게다가 혼자서 글자까지도 깨치고…… 그러시면서 어머니는 제가 아는 단어들을 종이에 써보라고 하셨지요. 그리고는 제게 상으로 공책 2권을 사주셨지요. 어찌나 신나던지…… 저는 매일매일 그곳에다 제가 아는 낱말들과 새로운 낱말들을 적어 나갔지요. 그 낱말들은 제게 세상과 소통하는 법을 가르쳐주었지요. 글자 한 자 한 자를 공책에 옮길 때마다 그 안에는 제 생각과 느낌이 고스란히 담겨 있는 비밀 낱말 책이 되어 갔지요. 마치 낱말 하나하나 아래에 이 세상의 마음과 제 마음이 비밀스레 손을 잡고 있는 듯한.

때로는 동생들이 그곳에다 마구 낙서를 해 저를 난감하게 만들기도 했지만 화는 나지 않았어요. 동생들도 나를 따라 그곳에다 무엇인가를 남기고 싶은 마음이었을 테니까요. 동생들을 데리고 산으로 들로 바다로 깡충깡충 잘도 돌아다니는 저를 보고 동네사람들은 말했지요. 어쩌면 저 아이는 혼자서도 동생들과 저리도 방실방실 잘 놀까?

그 모든 게 어머니 덕분입니다. 조금이라도 어머니께 도움이 되고자 했던 제 마음이 대자연 속에 자유롭게 펼쳐지면서 대자연과의 친화력으로 뻗어나간 거죠. 마음 놓고 대자연을 흡입할 수 있는 계기가 된 것이죠. 그리고 그 느낌들을 어머니께서 사주신 2권의 공책에 적어나가며 사색했던 그 기쁨 덕분이지요. 저는 그렇게 새로운 낱말들을 하나하나 적어나가며 이 세상을 사랑하고, 사람들을 사랑하는 법을 배우고 터득하게 된 것이지요.

지금껏 제가 글쓰기와 떼려야 뗄 수 없는 사이가 된 것도 모두 어머니 덕분입니다. 그리고 혼자서도 잘 노는 독립적인 아이가 될 수 있었던 것도 모두 어머니 덕분입니다. 어릴 때부터 습관과 취미가 된 글쓰기는 저를 독서의 세계로 인도했으며, 그 세계는 저를 한 번도 심심하거나 외롭게 놓아두지 않았으니까요. 어머니, 감사합니다!

＊＊＊＊＊

그렇게 단란했던 우리 가정에 어느 날 날아온 불행의 새 한 마리. 그 새는 붉은색 차압 딱지와 함께 날아왔지요. 아버지가 친척에게 빌려준 회사 공금을 돌려받지 못해 공금횡령죄로 회사에서 쫓겨난 것입니다. 그리고 그동안 어머니가 차곡차곡 번 돈까지 다 날려버리신 아버지. 우리는 졸지에 모든 것을 다 잃고 말았습니다. 청천벽력에 난타당한 우리 집은 졸지에 산산조각 나고 말았지요. 아버지는 행방이 묘연하고······. 울어서 눈이 퉁퉁 부은 어머니와 저는 당장 살 집을 구하러 다녔지요. 영도에서 먼 연산동까지. 돈 한 푼 없이 집을 구하러 다니면서 어머니는 속으로 참 많은 눈물을 흘리셨지요. 며칠을 돌아다니다 겨우 연산동 한 곳에 작은 집을 구했습니다. 그것도 마음씨 좋은 주인 내외분이 어머니를 보시더니 참한 사람이 어쩌다······, 하시며 그냥 쓰라고 내어준 아담한 별채 초가집이었습니다. 집 뒤에는 대나무숲이 있고, 제법 앞뜰이 넓은 예쁜 집이었습니다. 그래도 붉은 차압 딱지가 붙은 어수선한 집을 떠나 새 집으로 이사 오니 기분은 참 좋았습니다. 벽지를 새로 바르고, 창문을 깨끗이 닦고, 바닥에 새 장판을 까니 그런대로 집안이 포근해 보였습니다. 어머니는 우리들을 데리고 전학부터 시켰지요. 낯선 학교, 낯선 반, 낯선 선생님과 낯선 아이들. 모든 게 낯설고 두려웠지만 밤마다 소리 죽여 우시는 어머니를 신경 쓰이게 하고 싶지 않아 저는 낯섦에 대한 두려움을 꾹꾹 눌러 제 마음 깊은 곳에 묻어두었지요.

행방이 묘연했던 아버지는 보름 만에 집으로 돌아오셨지요. 가장이 없는 집과 가장이 있는 집은 확실히 달랐지요. 돌아온 가장과 함께 우리 집에도 활기와 희망이 싹트기 시작했습니다. 다행히 예전에 우리 집에 빚이 있던 사람들이 빚을 갚아주어 당분간 생활비 걱정은 안 하게 되었지요. 아버지는 무엇이든 해볼 테니 걱정 말라고 어머니를 다독이셨죠. 하지만 그동안 돈 걱정 없이 여유롭게 살아오신 아버지가 푼돈으로 무엇을 하실 수 있었겠어요. 조그맣게 벌인 사업은 몇 년 안 가 무너지고 또 무너지고……. 그럴 때마다 아버지와 어머니 사이에 쌓이는 크고 작은 벽들. 사람과 사람 사이에 쌓이는 벽은 그 벽이 높든 낮든 상관없이 갈등과 불행을 몰고 온다는 것을 그때 알게 되었지요. 그리고 그 갈등과 불행은 서서히 삶을 망가뜨리는 재난으로 변해간다는 것도.

그토록 싱그럽고 맑고 씩씩하던 우리 집은 점점 수심으로 어둡게 그늘져 갔지요. 그때마다 저는 책 속으로 깊이깊이 숨어들어 갔습니다. 눈앞의 현실을 인정하고 싶지 않을 때 어디 다른 곳에 있는 존재에게 마음을 쏟듯이 저는 책 속으로 빠져들어 갔지요. 그러면서도 더 말이 없어지고 더 뾰족해지는 우리 집을 모른 척, 가슴 졸이며 관망하고 두려워했지요. 그렇다고 어린 제가 무엇을 어떻게 할 수 있었겠어요? 제가 할 수 있는 일은 고작 우리 집이 슬프고 아플 때마다 대신 밥을 짓고, 빨래를 하고, 청소를 하는 것 외엔, 더 무엇을 도울 수가 있었겠어요?

때로는 우리 집에도 따뜻한 남쪽 바람이 불어와 오래 머물다 가기도 했지요. 그럴 때면 우리 형제들은 어머니 주변에 모여 꽃도 피우고 나비도 부르고 부드러운 빗소리에 맘껏 젖기도 했지요. 대청마루에 나란히 앉아 음악도 듣고, 책도 읽고, 어머니가 가꾸신 꽃밭에서 들려오는 싱그러운 바람소리에 맘껏 밝아올 미래를 꿈꾸기도 했지요.

시인 이상은 비밀이 없다는 건 재산이 없다는 것과 같다고 했지만, 저는 꿈이 없는 것이야말로 재산뿐만 아니라 자기 자신도 없는 거와 마찬가지라 생각합니다. 어머니는 제가 꿈꾸는 걸 싫어하셨지요. 부모의 입장에서 제게 아무것도 해줄 수 없는 게 마음 아파, 제가 열심히 공부하는 것도 모른 척하셨지요. 하지만 저는 고등학교를 졸업하고 직업전선에 뛰어들었을 때도 한 번도 부모님을 원망하지 않았습니다. 대신 서른이 넘으면 제 인생을, 제가 원하는 삶을 살겠다고 남몰래 꿈꾸고 있었지요.

"우리가 우리 안에 있는 것들 가운데 아주 작은 부분만을 경험

할 수 있다면, 나머지는 어떻게 되는 건가?' 궁금해했던 파스칼 메르시어처럼 저도 언제나 그 나머지가 늘 궁금했거든요. 그 나머지가 무엇인지, 어떤 그림인지 알고 싶고, 알아내고 싶었습니다. 그 나머지를 온몸으로 경험하고 싶었습니다. 설사 그것이 삶이 아닌 지옥행이라고 해도.

서른한 살, 겨울. 저는 용감하게 서울행 기차에 올라탔지요. 아버지는 제가 스물일곱 되던 해에 돌아가시고, 우리 형제들도 모두 성인이 되어 각자의 길을 찾아 그 길을 탄탄히 걸어가고 있었지요. 오빠와 언니, 남동생은 결혼을 하고, 여동생은 교사로 일하고 있었지요. 저는 되도록 집과는 먼 서울행 기차에 몸을 싣고, 정말 아무것도 없이, 아무런 계획도 없이, 우리 인생의 진정한 감독인 '우연'에 제 몸을 맡긴 채, 『섬』의 작가 장 그로니에가 말한 것처럼 "나는 혼자서, 아무것도 가진 것 없이, 낯선 도시에 도착하는 것을 수없이 꿈꾸어 보았다. 그러면 나는 겸허하게, 아니 남루하게 살 수 있을 것 같았다."는 그런 마음으로, 그런 용기로, 그런 각

오로.

어머니는 필사적으로 저를 말리셨지만, 누구보다도 자유로운 제 영혼을 이길 수는 없었지요. 서울과 부산이라는 먼 거리. 그 먼 거리를 사이에 두고 비로소 어머니와 저는 친해지기 시작했지요. 비로소 서로를 받아들이고 이해하고 사랑하게 되었지요. 거대한 서울, 그곳 한 모퉁이에서 저는 시를 쓰고, 어머니는 고향, 나무 그늘 아래에서 열심히 제 시를 읽어주셨지요. 그러면서 조금씩, 자신의 아가미로 진짜 숨을 쉬기 시작한 저를 마음껏 격려해 주셨지요. 저는 아직도 어머니만큼 좋은 독자를 만나지 못했습니다.

언젠가 어머니께서 말씀하셨지요. 너는 참 이상한 아이였다고. 갓난아기일 때도 밭일을 하기 위해 너를 광주리에 넣고 나무 그늘 아래 두고, 일하느라 네게 젖 주는 것을 깜빡 잊고 놀라 달려가 보면, 너는 울지도 않고 뭐가 좋은지 광주리 안에 꼼짝 않고 누워 생글생글 하늘만 쳐다보고 있었다고. 몇 시간 동안 배도 안 고팠는지. 다른 아이들 같으면 10분만 지나도 울고불고 야단일 텐데……. 네가 유독 마르고 새카맣고 작은 것도 내가 깜빡 잊고 제때 네게 젖을 주지 못해서 그럴 거야. 그래서인지 몰라도 너는 늘 힘이 없어 돌 지나고도 한참 만에 겨우 걷기 시작했지. 마치 나무늘보처럼 느릿느릿.

어머니께 그 말을 들었을 때 저는 속으로 기뻤습니다. 그리고 제가 좋아하는 동물 목록에 '나무늘보' 라는 이름을 적어 넣었습니다. 너무나도 느리고, 못생기고, 먹는 것도 아주 쬐금만 먹는, 귀엽고 착한 동물.

어머니, 저는 그렇게 느리고 순한 것들이 좋아요. 남보다 느리고 착한 것 때문에 손해를 보아도, 불이익을 당해도 저는 천천히, 아주 천천히 살고 싶어요. 어머니는 그런 제가 늘 염려스러워 제게 욕심 좀 부리라고 말씀하셨지만, 천성이 악착같지 않은데 어떻게 욕심을 부릴 수가 있겠어요. 어머니도 힘들 때마다 자식들 중 가장 만만하고 순한 제게 짜증을 많이 내셨잖아요? 아무 죄도 이유도 없이 저를 참 많이도 비참하고 서럽게 하시지 않으셨나요? 게다가 제가 가진 것을 형제 중 누군가가 탐을 내기라도 하면 결국은 그걸 다 양보하게 만들지 않으셨나요? 그러니 저는 일찍부터 무소유에 길들여질 수밖에 없었지요. 그리고 무소유가 제게는 훨씬 더 편한 길이 되어버렸지요.

지금 생각하면 그 모든 게 생에 대한 어머니의 불확실한 마음과 불안에서 나온 두려움 때문이라는 걸 이해할 수 있지만 그때는 어머니 땜에 슬픈 적이 참 많았답니다. 이제는 그 모든 것들이 아득한 꿈같고, 모든 일은 언제나 우리들 등 뒤에서 일어나고, 우리가 그걸 깨달았을 때는 그저 속수무책으로 당할 수밖에 없다는 것을 알게 되었지만.

어머니, 어느새 어머니께서 돌아가신 지도 10년이 넘어 갑니다. 그런데도 어머니는 늘 제 곁에 계신 듯합니다. 제게는 누구보다도 좋은 독자, 좋은 친구였던 어머니, 정말 감사합니다. 어머니의 기대와는 달리 저는 아직도 결함과 결핍으로 가득한, 너무나도 느리고 순한, 악착과 욕심과는 거리가 먼 나무늘보처럼 살고 있어요. 오비디우스에 의하면 나무늘보는 밤에만 운다지요. 하 하 하하…… 가장 높은 음으로 시작해 서서히 낮아지는 나무늘보의 단조로운 울음소리를 듣고 있으면, 뭔지 모를 신성 같은 것이 온몸으로 파고든다지요. 저는 그것을 꿈이라고 말하고 싶어요. 세상에서 가장 느리고 착한 동물이 노래하는 꿈. 모두가 잠든 밤에도 깨어 있는 사람만이 들을 수 있는 꿈. 어떤 세계와도 경계 짓지 않는, 무소유의 꿈.

그 꿈은 어머니와 저 사이에도 존재합니다. 평생을 다 보내도 결국 긋지 못하는 어머니와 자식 사이의 경계선. 어머니는 그 꿈을 제게 남겨놓았습니다. 생전에도, 돌아가신 뒤에도 늘, 언제나 제가 쉴 수 있는 곳, 끊임없이 불어오는 바람에 나뭇잎들을 살랑

대며 한 세기에서 다음 세기로 흘러가는 나무 그늘 아래, 여전히,
언제나 오늘처럼!

김
상
미   부산 출생. 1990년 《작가세계》 여름호로 등단하였으며, 시집으로 『모자는
인간을 만든다』, 『검은, 소나기떼』, 『잡히지 않는 나비』가 있다. 박인환 문
학상, 시와표현 작품상을 수상하였다.

• 김승일

엄마

내 엄마는 평생에 걸쳐 참았은 엄마다. 욕 하기 싫
을지 않기 위해서 노력했고, 우리 자본 없는 지대한
자식들이 되고 싶어서는 모습 엄마였다. 한평생이
주기가 힘들었을 것이다.

　　엄마에 대한 글을 쓰면 엄마가 화를 낸다.
너는 내 얘기 말고 할 얘기가 없느냐고 화를 낸다. 엄마 욕을 하고
다닌다고 화를 낸다. 엄마 얘기를 하기에 앞서 미리 확실하게 밝
혀둔다. 나는 엄마를 욕보이고 싶은 생각이 없다. 엄마는 자기를
우스꽝스럽게 묘사한다고 뭐라고 하지만, 사실 나는 엄마가 귀엽
다고 생각해서 엄마 얘기를 쓰는 것이다. 뭐 이렇게 밑밥을 깔고
시작하더라도 엄마가 또 화를 낼 것은 자명한 사실인 것 같다. 엄
마, 지금 내가 또 엄마 얘기를 하려고 해. 솔직히 요즘엔 엄마 얘
기를 시에다 잘 쓰지 않았어. 그래도 여기다가 많이 많이 쓰게 될

것 같아. 여기다 많이 많이 쓰면 이제 앞으로는 많이 안 쓰게 될 거야. 그러니까 안심해도 좋아. 어쨌든 미안해. 이거 다 쓰면 아빠 얘기도 써야 돼. 내가 너무 솔직하게 쓸 것 같은데 어쩌지. 최대한 안 솔직하게 쓰려고 노력할게.

뭐부터 얘기해야 할까? 할 얘기가 너무 많다. 연대기 순으로 써 볼까 생각했는데 그러면 글이 좀 팍팍해질 것 같다. 일단 엄마를 칭찬하거나, 엄마랑 좋았던 순간들부터 써볼까? 아이고, 칭찬할 점들도 많고 좋았던 순간들도 너무 많네. 사실 욕하고 싶은 것들도 너무 많아. 어쩌면 좋을까. 그냥 되는 대로 써볼게. 김승일의 엄마 이름은 윤정하다. 엄마는 나를 낳기 전에 포크 가수였다. 유명한 곡으로는 〈찬비〉가 있다. 나는 지금 대학원을 다니고 있다. 작년이었던 것 같다. 시 쓰고, 산문 쓰고, 대학원 공부도 하느라 너무 피곤했다. 가을이었다. 비가 내렸다. 나는 비염이 심해서 그런가 비만 오면 갑절은 더 피곤해진다. 한참을 택시를 타고 가는데 엄마 노래가 나왔다. 〈찬비〉였다. 가을에 비만 내리면 라디오에서 엄마 노래를 자주 틀어준다. 조금 우쭐해지기도 한다. 택시 기사가 따라 불렀다. 계속 따라 부르니까 잘난 척을 하고 싶었다. 기사님 이거 저희 어머니 노래예요. 하니까 아저씨가 계속 어머니 요즘 뭐 하시냐고 물어봤다. 어머니 요즘 집에 있어요. 어머니

저번에 배철수의 7080에 나왔어요. 어머니 저 낳고 집에 있으셨어요. 저희 어머니 노래 아직도 잘 불러요.라고 했지만 사실 엄마는 요즘 자기 목소리에 자신이 없다. 나는 지금 엄마 목소리도 좋은데 엄마는 자신이 없다. 엄마는 1956년생인데 무슨 사십 대처럼 피부가 좋다. 재작년까지는 삼십 대처럼 좋았다. 그 피부를 물려받아서 나도 피부가 좋다. 그치만 엄마는 노화를 무슨 죄처럼 취급하는 것 같다. 원로 가수들이 텔레비전에 나오면 항상 혀를 찬다. 늙어서 왜 나왔을까. 안 나오는 게 좋았을 거야. 엄마는 텔레비전나 라디오에 아주아주 가끔 출연한다. 엄청 긴장해서 삑사리도 조금 난다. 그러고 집에 와서 운 적도 있다. 그러면 나는 너무 슬프다. 그래도 엄마가 텔레비전에 자주 나가고 노래 부르러 좀 다녔으면 좋겠다. 나는 엄마가 노래를 잘 부른다고 생각한다. 목소리가 청아하다. 솔직히 어렸을 때부터 나를 엄청 때리고, 고함도 엄청 질렀는데 지금 이 정도 목소리면 대단한 것 같은데. 엄마가 텔레비전에 나오면 내 친구들이 막 문자를 해준다. 야 니네어머니 텔레비전에 나왔다. 엄청 긴장하신 것 같다. 야 니네 엄마진짜 너랑 엄청 닮았다. 애들은 몰랐겠지. 엄마가 집에 와서 인생망한 것처럼 우는 것을. 그래도 엄마가 텔레비전에 한 번 나오면사람들이 블로그나 7080 게시판에 엄마를 봐서 너무 기뻤다고 글을 올린다. 그걸 보여주면 엄마가 대단히 좋아한다. 봐 엄마 이렇게 엄마를 좋아하는 사람들이 많아. 그러면 엄마가 그런다. 잠깐은 좋아하겠지만 계속 나가면 늙어서 추해졌다고 욕을 할 거야. 엄마, 엄마 팬들도 추해졌을 거야. 아무리 얘길 해도 절대 듣질 않는다. 나는 그게 너무 이해가 안 됐다. 누가 엄마 얼굴 보겠다고 엄마 보러 오나. 나는 예전보다라는 말이 힘들다. 예전은 예전이고 지금은 지금이니까. 예전 때문에 슬픈 것은 어쩔 수 없다. 예전에는 큰외삼촌이 살아 있었다. 지금은 없다. 예전에는 외할아버지도 살아 계셨을 것이다. 지금은 없다. 나는 외할아버지를 기억하지 못한다. 내가 한 살 때 돌아가셨기 때문이다. 엄마는 부산에서 나고 자랐다. 외할아버지는 선장이었다고 했다. 엄마의 예전에 대해서 완전히 다 알진 못한다. 엄마도 가끔씩만 내게 전한다. 예를 들면 이런 식이다. 엄마는 지금도 지각 대장이라서 어딜 가나 지각을 한다. 그 습관을 이어받아서 나도 엄청 지각을 한다. 뭐든 늦는다. 학교도 늦고, 직장에도 늦고, 마감도 늦는다. 엄마와 나는 제발 지각 좀 하지 말자고 결의를 하지만 정말 쉽지 않은 일이다. 엄마는 가수 생활 할 때도 늦었어? 그래, 라디오 할 때도 늦었어. 지각을 하면 기분이 너무 나쁜데, 지각한 것을 용서받으면 다시 지각을 한다. 지각을 해서 막 땀을 뻘뻘 흘리며 뛰어다닐 때,

나는 엄마 생각을 한다. 엄마 때문에 내가 이렇게 됐다고 막 화를 낸 적도 많다. 엄마가 집에서 설거지를 하고 있으면 나는 엄마한테 빨리 나가라고 한다. 분명히 다른 아줌마들하고 약속이 잡혀 있을 것이다. 그런데 저렇게 설거지를 계속 하고 있다. 나한테 밥을 차려주려고 한다. 엄마는 풍채가 좋은 사람을 좋아했다. 엄마가 비쩍 마른 사람과 결혼해서 그랬을까? 나는 어렸을 때 엄마보다 아빠를 더 많이 닮은 애였다. 너무 말랐다는 뜻이다. 그래서 엄마는 숟가락을 들고 다니면서 밥 먹기 싫어하는 내 입에 밥을 넣고 다녔다. 고기도 많이 줬다. 나한테 밥 먹이는 게 엄마한테 가장 중요한 일이었다. 습관이 들어서 그런가, 아직도 엄마는 내가 밥을 굶고 다니는 것을 너무 많이 싫어한다. 그래서 아줌마들이 밖에서 다 기다리고 있는데 내 밥을 차려준다고 나가지를 않는다. 엄마 그냥 나가. 제발 늦지 말자. 그리고 나도 밥 먹고 나가면 늦어요. 나가서 먹을 겁니다. 그래도 엄마는 굳이 밥을 차린다. 사실 요즘엔 이미 약속 시간에 엄청 늦었는데 내 밥을 차려준다는 핑계를 대고 맘 놓고 지각을 하는 것 같기도 하다. 어쨌든 나는 지금 굉장히 밥을 많이 먹는다. 얼굴도 이젠 아빠보다 엄마를 더 닮은 것 같다. 뱃살도 엄청 나왔다. 나는 엄마 얼굴을 닮은 내가 아빠 얼굴을 닮은 나보다 마음에 든다. 엄마는 내게 본인 얘기는 잘 하지 않았다. 위에서 밝혔듯이 아주 가끔씩만 했다. 나는 그게 마음에 들지 않았다. 어느 날 엄마가 옛날 사진들을 골라내면서 이상하게 나온 것들은 찢고 있었다. 왜 그러느냐고 하면서 사진을 다 뺏으려고 했다. 엄마는 당신 얼굴이 이상하게 나온 사진들을 찢고 있다고 했다. 엄마는 도통 버리는 일을 잘 하지 못했다. 고장난 물건도 그대로 한편에 쌓아두곤 했고, 냉장고에도 유통 기한이 지난 음식을 쌓아뒀다. 우리 집에는 턴테이블이 없는데, LP판은 수백 장이다. 나랑 아빠가 담배를 태우는 것을 그토록 혐오하면서, 엄마는 라이터들을 버리지 않는다. 그렇게 버리는 걸 싫어하는 엄마가 사진을 찢었던 이유를 잘 모르겠다. 엄마가 사진을 찢으면, 엄마가 죽으면 무엇으로 과거를 추측할까. 그것이 무서웠다. 나는 내가 불효자라는 생각을 많이 한다. 엄마는 내가 안양예술고등학교 문예창작학과에 입학하는 것을 엄청나게 반대했다. 시인으로 살지 말고 돈을 벌 수 있는 직업을 가졌으면 좋겠다고 했다. 나는 돈 같은 건 벌지 않아도 좋으니 시인으로 살고 싶다고 했다. 이제 나는 내가 그 고등학교에 간 것을 후회한다. 시인이 되어서 후회하는 것이 아니라, 그냥 거기도 똑같은 고등학교였기 때문에 후회한다. 엄마가 그렇게 울었는데 나는 완고했다. 엄마가 아무리 울어도 나는 항상 완고했다. 착한 말도 별로 한 적이 없고,

선물을 사다 주거나 편지를 써준 적도 거의 없다. 나한테 해준 게 뭐냐고 쏘아붙였던 적도 있다. 엄마는 나한테 해준 게 너무 많았다. 나는 일본 만화책 『요츠바랑』을 매우 좋아한다. 『요츠바랑』은 싱글 대디가 요츠바라는 꼬마를 입양해서 키우는 만화다. 요츠바의 아빠는 요츠바를 데리고 목장도 가고, 전자상점도 가고, 불꽃놀이 축제도 가고, 캠핑도 간다. 그걸 보면서 나는 애한테 필요한 건 그냥 여러 가지를 체험시키는 거라고, 그게 가장 최고의 양육이 아닌가 생각한 적이 있다. 엄마는 나를 데리고 참 많이도 돌아다녔다. 연극도 봤고, 수영장도 갔고, 스키도 탔다. 태권도도 배웠고, 스케이트도 배웠고, 피아노도 배웠다. 원주 계곡에 갔고, 엄마가 허락해줘서 내 친구 가족들이랑 초등학교 3학년 때 발리로 여행을 간 적도 있다. 서울랜드도 갔고, 롯데월드도 갔고, 에버랜드도 갔다. 놀이 공원에 가면 엄마가 줄을 대신 서줬다. 내가 내 친구들이랑 비교적 줄이 짧은 놀이기구를 타고 오면 엄마가 그동안 줄이 되게 긴 놀이기구 앞에 서 있었다. 그래서 엄청 조금 기다리고 롤러코스터를 탈 수 있었다. 엄마는 내게 롤러코스터를 탈 때는 소리를 질러야 더 재밌다고, 계속 소리를 지르라고 했다. 아직도 롤러코스터를 탈 기회가 있으면 나는 그 얘기가 생각난다. 소리는 지르지 않는다. 나는 공룡대전도 다녀왔고, 과학대전에도 많이 갔다. 청사 앞의 잔디밭에서 삼겹살을 참 많이도 구워먹었다. 관악산도 갔다. 관악산 갔던 것이 생각난다. 내가 관악산에서 엄마랑 다투고 빠른 걸음으로 산을 내려가고 있었다. 아무도 따라오지 않아서 커다란 돌 위에 앉아 공룡 알이 되었다는 상상을 하고 있었다. 엄마가 내려가면서 내게 뭐하고 있냐고 어디 사는 누구냐고 물었다. 나는 대꾸를 하지 않았다. 엄마는 그냥 내려갔다. 그래서 나는 관악산에서 평생 살아가야겠다고 결심했다. 엄마는 그렇게 가끔 나를 놔두고 그냥 훌쩍 가버리곤 했다. 그러나 곧 돌아와서 이제 가자고 했다. 그러면 다시 태어난 것 같은 기분이었다. 어쨌든 나는 너무 많은 곳을 다녔다. 우리 집은 국내여행을 참 많이도 갔다. 엄마는 내가 변호사라도 될 줄 알았나 보다. 피아노를 잘 치는 변호사가 됐으면 좋겠다고 엄마가 그랬다. 나는 피아노를 아예 칠 줄 모르는 시인이 됐다. 내가 애를 낳으면, 나는 내 엄마가 했던 것처럼 애를 데리고 공룡대전에 갈 것이다. 그러면 애가 나중에 우울한 일이 있어도 공룡대전에 갔던 일을 생각할 것이다. 공룡의 뼈를 본 일이나, 마켓에서 가짜 공룡 알을 사서는 집에 가서 품고 있었던 일을 생각할 것이다. 그때를 생각하면 안심이 된다. 꿈돌이 동산 얘기도 해야 될 것이다. 대전 엑스포 말이다. 나는 아직도 꿈돌이가 제일 좋다. 초등학교 1, 2학년이었던 것 같다. 엄마가 다시 가수를 한다고 했다. 그래서 매일 밤에 나갔다. 아빠랑 나랑 동생은 엄마 없이 엑스포에 갔다. 아빠랑 어딜 가면 별로 재미가 없었다. 그런데 밤에 엄마가 왔다. 우리는 다음 날에 엑스포에 또 갔다. 아닌가? 부산에 갔던가? 어쨌든 엄마랑 엑스포에 다시 갔다. 훨씬 재밌었다. 엄마랑 어딜 가면 재밌게 놀았다. 그때는 그래서 엄마가 노래를 녹음하러 가면 좀 심심했다. 그러다가 앨범 녹음이 다 끝났다. 텔레비전에 엄마가 나왔다. 생방송 아침마당이었다. 나랑 동생은 엄마가 텔레비전에 나오는 걸 보려고 학교도 조금 늦게 갔다. 학교에 늦게 가는 게 좋았다. 엄마는 항상 내게 자기가 무대 체질이라고 했다. 엄마가 아침마당에서 노래를 불렀던가? 엄마의 복귀 앨범 제목은 〈주부의 노래〉였다. 주부가 되어 지난날을 추억하는 노래들이었다. 나는 그 앨범의 노래들을 너무 좋아해서 아직도 부르곤 한다. 그렇지만 그 노래들은 구할 수 없다. 엄마가 앨범을 발매하지 않았기 때문이다. 아침마당에 나가고 나서, 엄마는 갑자기 앨범을 내지 않겠다고 했다. 주부라는 단어가 마음에 들지 않아서, 아무래도 그냥 그만하는 게 낫다고 판단한 것이다. 그 노래들이 정말 좋았는데. 엄마는 사람들 기억 속의 윤정하를 지키려고 했던 것 같다. 그 다음부터 엄마는 다시 밤에 나가지 않았다. 생각해보니 내가 어렸을 때 종종 엄마가 집에 없었다. 처음 기억은 뭐였더라. 기억은 진짜 잘 나지 않지만 엄마가 동생을 낳았을 때였던 것 같다. 내가 세 살이었나? 둘째 이모랑 내가 집에 있었다. 엄마가 없었다. 동생을 낳았다고 해서 병원엘 갔다. 내가 병원에서 이모보고 빨리 집에 가자고 했단다. 사람들이 동생만 좋아해서 그랬나. 엄마는 거기서 상처를 받았단다. 어느 날 엄마는 친구를 만나러 일본에 여행을 갔다. 당시의 나와 동생은 엄마와 함께 침대에서 같이 잤다. 셋이 누워 있는데 엄마가 다음 날 일본에 간다고 했고 나는 절대 안 된다고 반대했다. 아마 6, 7살이었던 것 같다. 그게 엄마의 최초이자 마지막 해외여행이었던 것 같은데. 어쨌든 떼를 막 썼다. 엄마는 가지 않겠다고 했다. 자고 일어나 보니 엄마가 없었고 외할머니가 있었다. 엄청나게 울었던 것 같다. 어쨌든 그 여행은 길지 않았다. 세 번째는 초등학교 저학년 때의 일인 것 같다. 집에 오는데 엄마가 병원에 갔다고 했다. 어디가 아픈지 아무도 말해주지 않았다. 무슨 배에 혹이 생겨서 그걸 떼는 수술을 한다고 했다. 아빠가 엄마 병실에 둘 CD플레이어 겸 라디오를 샀는데 그게 아직도 우리 집에 있다. 어쨌든 난 엄마가 얼마나 심각하게 아픈지 몰랐고, 1달 정도를 이모랑 살았던 것 같다. 아닌가, 더 짧았었나. 굉장히 길었던 것 같다. 내가 22살 때였나? 비로소 그게 암이었다는 얘기를 들었다. 정확히 22살 때부터 나는 엄마가 굉장히 싫었다. 지금도 좋지 않다. 22살 때 처음으로 나는 엄마 때문에 아무도 없는 곳에서 울었던 것 같다. 예전에 14살 때였다. 친가 쪽 사람들이랑 어디 여행을 갔는데 내가 또 땡깡을 미친 듯이 부렸다. 그러자 고모가 나보고 엄마가 엄청나게 큰 병이 들어서 얼마나 살지 모르니까 잘 해주라고 했다. 나는 엄마한테 내색을 안 하고 몇 달 동안 착했던 것 같다. 근데 아무래도 엄마가 병 걸린 게 아닌 것 같았다. 되게 정정했다. 그래서 다시 엄청 속을 썩였다. 지금 와서 생각해보니 고모가 엄마 암 걸렸을 때를 생각하면서 나한테 뻥을 친 것 같다. 어쨌든 23살 땐가 내가 엄마랑 싸우고 있었다. 너 동생 낳았을 때도 그렇고, 병원 갔을 때도 그렇고 너는 맨날 이모보고 집에 가자고 그랬다. 얼마나 슬펐는지 아니? 너처럼 정이 없는 놈이 또 있겠냐고 엄마가 화를 냈다. 그래서 내가 암 걸린 얘기도 안 해놓고 무슨 적반하장이냐고 하면서 눈물이 났다. 엄마는 대꾸하지 않았다. 어쨌든 병 얘기는 별로 하고 싶지 않다. 엄마는 나를 많이 때렸는데 그래서 어렸을 때는 싸움을 잘했다. 엄마가 엄청 아프게 많이 때려서 친구들하고 싸워도 별로 아프지 않았다. 그래서 체구가 고만고만할 때는 그냥 막 때려서 이긴 적이 많았다. 내 신조는 아프기 전에 때리는 거였다. 맞고 나서 아프기 시작하면 계속 더 아프기만 하니까 아프기 전에 흥분한 상태에서 때리는 거였다. 어쨌든 내가 고등학생이 되고 나서는 엄마가 나를 덜 때리기 시작해서 지금은 거의 때리지 않는다. 아직도 가끔은 뭘 던진다. 내 엄마는 생각해 볼수록 괜찮은 엄마다. 후회를 만들지 않기 위해서 노력했고, 돈이 있든 없든 최대한 자식들이 하고 싶어 하는 것을 믿어줬다. 분명 믿어주기가 힘들었을 것이다. 엄마는 8남매 가정에서 태어났다. 막내여서 사랑을 많이 받고 자랐다고 했다. 외삼촌들이나 이모들은 모두 대학엘 갔다고 한다. 부자여서 그런 줄 알았는데 그게 아니었다. 부도가 나서 빚이 많았는데도 어떻게든 아이들이 하고 싶고, 가고 싶은 곳에 보내주기 위해서 그렇게 했다는 것이다. 엄마는 막내뻘이어서 그랬는지 철도 없고 세상 물정도 잘 몰랐다. 사실 지금도 세상 물정, 경제에 밝은 지혜로운 엄마는 아닌 것 같다. 어쨌든 엄마는 스무 살 때 큰이모한테 이렇게 물었다고 한다. 왜 남들 집은 빚지고 부도나면 사는 게 그렇게 힘들다던데 나는 어떻게 대학에 가고, 오빠랑 언니들도 다 대학엘 갔어? 큰이모는 철없는 엄마가 귀엽기도 하고 아이가 없기도 해서 웃었다고 한다. 외할아버지랑 외할머니가 무척 힘들었다고 한다. 나는 어렸을 때부터 욕심이 별로 없었다. 시인이라는 멍청한 직업을 가진 것부터가 물정도 잘 모르고 욕심도 없다는 것을 반증하는 것 같다. 엄마는 내가 욕심을 가졌으면 좋겠다고, 왜 이렇게 욕심이 없냐고 그랬다. 그래서 실상 부모님께 요구가 많은 아들은 아니었다. 그래도 자잘한 부탁이 참 많았을 것이다. 단 한 번도 거절당한 기억이 없다. 엄마는 거의 다 해줬다. 물론 무척 많이 때리고, 화를 내고, 욕도 했지만 어쨌든 끝끝내는 자식 원하는 대로 하게 됐다. 엄마는 가끔 호강에 받쳐서 똥을 싼다는 표현을 쓴다. 엄마가 그렇게 해준 티를 내면 왠지 반발심이 들어서 뭘 그렇게 해줬냐고 짜증을 내긴 하지만. 나는 고등학교 때부터 참 이상한 짓을 많이 했다. 고1 때는 혼자 걸어서 창원엘 갔고, 고등학생 내내 홍대에 음악 들으러 다니느라고 새벽에 들어가고 그랬다. 그러고 집에 가면 엄마가 참 한심하다는 듯이 쳐다봤다. 때리기도 참 많이 때렸다. 집에서 컴퓨터를 계속 하고 있으니까 그만 좀 하라고 머리를 내리쳤는데 피하다가 귀를 정면으로 맞아서 고막이 터진 적도 있었다. 근데 솔직히 학교를 7시에 가야 하는데 매일 새벽 4시까지 음악이나 듣고 영화나 보고 있으니 얼마나 꼴 보기가 싫었을까. 대학에 가서는 인디 밴드가 공연하는 라이브 클럽에서 매니저랑 나 단둘이 일했다. 새벽 2~4시에 일이 끝나서 집에는 갈 수가 없었다. 친구 집에서 자거나 학교 과방에서 잠이 들었다. 라이브 클럽에서 잠을 잔 적도 많았다. 며칠씩 집에 안 오고, 씻지도 않고, 밥 굶고 다니는 걸 좋아하는 부모가 어디 있을까. 게다가 엄마가 가장 중요하게 생각하는 게 자식들 건강이었기에 당연히 그런 알바를 한다고 하면 싫어할 줄 알았다. 그런데 굉장히 흔쾌히 허락을 했다. 신기했다. 고등학교 때는 수능이 가까워져서 학원엘 다녔다. 그런데 내가 학원엘 빠지고 아마 추어증폭기라는 뮤지션의 공연을 보러 가고 싶다고 하니까 완강히 반대를 했다. 나는 A4 2장짜리 사유서를 작성했다. 내가 왜 그 공연을 봐야 하는지 설명했다. 엄마가 글을 참 잘 썼다고 칭찬했다. 역시 내 아들이구나. 엄마도 옛날에 잡지에서 영화배우 사진들을 도려내서 스케치북에 붙이고, 영화 시나리오를 썼단다. 어쨌든 글을 잘 썼지만 어서 빨리 학원에 가라. 그래서 학원엘 갔다. 라이브 클럽에서 알바를 하다가 처음 사월과 오월의 〈장미〉라는 노래를 들었다. 집에 가서 엄마한테 그 노래가 참 좋았다고 전했다. 씻고 나오니까 엄마가 잠깐만 와보라고 했다. 기타를 들고 있었다. 장미를 불러줬다. 클럽에서 들었던 것보다, 사월과 오월이 불렀던 것보다 좋았다. 나는 기교, 수사 과잉, 터무니없는 비약, 거짓말 등을 매우 싫어하는 시인이다. 어쩌면 이건 엄마 때문일 수도 있다는 생각이 든다. 엄마는 오버하면서 사람 감정을 끌어내려는 가수들은 거의 좋아하지 않았다. 딱 한 사람 그런 가수 중에서 좋아하는 가수는 더원이었다. 나도 더원 좋음. 어쨌든 그 사람을 제외하고, 목으로 노래를 부르는 사람들을 엄마는 별로 좋아하지 않았다. 본인 목소리가 청아해서 그런가? 오히려 영화나 드라마에서 배우들이 부르는 노래를 좋아했다. 엄마는 기교를 너무 많이 섞는 것은 정공법이 아니라는 자기 규율이 있었다. 유전자 때문인 것 같다. 정공법이 뭔지는 사실 잘 모르겠지만 무엇보다도 억지스러운 건 마음에 들지 않는다. 어떤 억지든 진심처럼 느껴지지 않는다. 욕심이 많은 사람들의 어떠한 언행도 믿음직스럽게 느껴지지 않는다. 어쩌면 저런 엄마한테서 태어나서 시인이 된 것 같다. 물론 엄마는 시에 대해서 전혀 모른다. 엄마는 내가 쓴 시를 무척 싫어하기도 한다. 징그럽고 끔찍한 얘기들이 많고 당신을 욕보이는 얘기도 많다는 것이다. 세상 어떤 부모가 자식 시를 이해하겠는가? 부모가 자식이 쓴 시를 쉽게 이해하고 칭찬한다면 그거야말로 무서운 일일 것이다. 아, 욕심 하니까 이것도 써야 될 것 같다. 엄마야말로 내가 아는 사람 중에서 가장 욕심 많은 사람이다. 정확히 말하면 세상에 욕심 많은 사람 많고 많지만 그걸 까놓고 얘기하는 사람이 엄마밖에 없으니까 엄마가 제일 욕심이 많은 것처럼 느껴지는 것 같다. 그리고 내가 하도 허술하게 사니까, 잇속 안 차리고 살면 망할까 봐 더 그렇게 욕심왕 코스프

레를 하는 것인지도 모르겠다. 엄마는 내게 아무리 사정이 안 좋아도 사람들한테 얻어먹고 다니는 사람은 되지 말라고 가르쳤다. 비굴하게 굴지 말라고 가르쳤다. 어렵다고 어렵다고 하고 다니면 사람들이 얕잡아 본다고, 그러니까 무조건 당당하게 살라고 했다. 실제로 그렇게 살았다. 어쩐지 나는 아주 낙천적인 사람으로 컸다. 괴롭고, 걱정도 많이 하긴 하지만 늘 결국엔 잘될 것 같다는 생각이 든다. 엄마는 항상 아무리 늦어도 침착하게 자가용을 몬다. 그러면 덜 늦었다. 지각하는 기분은 어떤 기분일까. 괴로운 기분이기도 하지만 침착해지기도 한다. 이미 늦었으니까. 어차피 늦은 건 늦은 거니까. 엄마는 항상 자신이 무대 체질이라고 그랬다. 이젠 무대 체질이 아닌 것 같다고 그랬다. 엄마는 다시 노래를 부르기에 너무 많이 지각한 사람인 것 같다. 지각해도 좋다고 말해주고 싶다. 왜냐면 내가 제일 좋아하는 가수 중에 하나니까. 나는 노래방에 가면 엄마 노래를 꼭 한 번씩 부른다. 번호도 외우고 있다. 99번이다. 나는 잘 못 부른다. 생각보다 어려운 노래다. 마지막으로 좀 훈훈한 얘기를 하나 하겠다. 책장을 정리하다가 육아일기라는 제목의 책을 봤다. 무슨 졸업 앨범 크기의 책이었다. 열어보니 엄마가 직접 쓴 육아일기였다. 내가 말을 잘 안 듣고, 계속 울고, 아프기도 계속 아팠던 것 같다. 예쁜 승일아, 오늘은 엄마한테 무척 슬픈 일이 있었어. 오늘 엄마 아빠가 돌아가셨대. 지금 부산으로 가고 있단다. 승일이는 오늘도 계속 울고, 아팠어. 엄마 가슴이 얼마나 아픈지 승일이가 크면 이해를 해줄까?라고 쓰여 있었다. 나는 아직도 솔직히 엄마를 이해할 수 없다. 나는 앞으로도 영원히 이해할 수 없을 것 같아서 무섭다. 이런 얘기도 있었다. 그래도 오늘은 잘 울지도 않고, 아프지도 않고, 방긋방긋 많이 웃어서 엄마가 위로가 됐어. 착하고 이쁜 내 아들. 나는 정말 말을 너무 많이 안 듣는 나쁜 놈이다. 아직도 그렇다. 집에 가면 나는 웃지 않는다. 내가 웃으면 보통 엄마가 웃는다. 나는 엄마가 어이 없을 때 많이 웃는다. 합리적이지 않고, 못됐고, 갑자기 너무 착하게 보일 때 웃는다. 사실 엄마는 항상 합리적이지 않고, 못됐고, 항상 너무 많이 착한 사람이다. 아무리 아들이 죽이고 싶게 싫고, 인생을 다 뺏은 사람처럼 보여도, 싸워서 말을 한 마디도 안 하고 있어도, 토마토를 갈아서 방에다 두고, 다시 또 지각을 하기 때문이다. 나는 지각하는 사람이 좋다. 지각하지 않는 사람은 무섭다. 내가 무서운 사람이 되기를 엄마는 바랄까. 엄마는 내게 두 가지 얘기를 자주 했다. 설악산에 갔는데 눈이 너무 내려서 차가 갈 수가 없었다. 잠깐 내렸는데 내가 돌도 채 안 됐던 것 같다. 아닌가? 어쨌든 너무 어렸는데, 눈을 보고 좋아해서 기어 다녔다고 했다.

그 얘기가 기억에 남는다. 또 하나는 엄마 등에 업혀서 엄마가 돌아보면 자는 척을 하고, 돌아보지 않으면 장난을 쳤다고 한다. 그런데 엄마는 거울로 다 보고 있었던 것이다. 내 첫 기억은 바로 이것이다. 내 첫 이미지가 바로 이것이다. 엄마가 내가 장난을 칠 때 어떻게 알고 획 돌아보면 내가 꺄르르 웃었고 엄마도 웃었다. 우리가 웃었으면 좋겠다. 우리가 어떤 상황이어도 좋다. 우리는 한 사람이 웃으면 이상하게 한 사람이 웃는다. 웃으면 가정에 복이 온다고 외할머니가 말했다. 외할머니가 아프시다. 할머니가 보고 싶다. 전화도 한 통 드리기 무섭고, 부담스럽다. 부산에 가야 한다. 엄마랑 가면 좋겠다. 웃긴 얘기를 할 자신은 없다. 그냥 이유 없이 웃기도 힘들 것 같다. 컬투쇼 같은 거라도 들으면서 가야겠다. 부산에 가야 한다.

김승일

한국예술종합학교 연극원 극작과 졸업. 현재 중앙대학교 대학원 문화연구학과에 재학 중. 2009년 《현대문학》으로 등단했으며, 시집으로 『에듀케이션』이 있다.

착하고
강한 어머니

1

이번 학기를 마치고 나면 학생들을 데리고
나의 고향에 갈 예정이다. 매년마다 학생들과 함께하는 학과 행
사로 학술답사가 있는데, 이번에는 나의 고향으로 가려는 것이
다. 그리하여 나와 학생들은 어른들을 모시고 마을의 전설이며
풍습을 듣고, 어른들의 말투를 들으며 지역 방언을 살피고, 문화
유적지의 답사를 통해 역사의식을 높이고, 시골의 풍경과 그곳에
서 살아가는 사람들을 담은 수필이며 시작품을 창작할 것이다.

부족한 농촌의 일손을 돕고 마을 청소도 할 것이다. 내가 태어나서 자라난 고향은 외부 사람들의 유입이 많지 않고 원형을 나름대로 유지해오고 있는 산골마을이므로 전해오는 전설이나 풍습, 방언 등을 조사하는 학술답사의 장소로는 적합한 곳이다. 그래서 의미 있는 학술답사를 기대하고 있다.

나는 고향으로 학술답사를 가는 데 망설인 것이 사실이다. 학과의 동료 교수들이 나의 고향으로 학술답사를 가는 것이 어떻겠느냐고 제안했을 때 곧바로 답을 하지 못했고 며칠 동안 생각했었다. 그 이유는 아버지께서 안 계셨기 때문이다. 아버지께서 지난해 갑자기 돌아가셔서 나는 아쉬움과 아울러 죄송한 마음을 갖고 있다. 글을 쓰고 있는 지금 이 순간에도 아버지께서 살아 계셨으면 얼마나 좋았을까, 생각한다. 큰아들이 학생들을 데리고 고향에 와서 이런저런 공부를 하고 봉사활동을 하는 모습을 보셨으면 참으로 뿌듯해하셨을 텐데, 인정이 많으신 분이었기 때문에 학생들에게 분명 따뜻한 밥을 사셨을 텐데, 참으로 아쉽고도 아쉽다. 그래서 기쁜 일이었지만 학생들을 데리고 고향을 찾아가기가 망설여진 것이다.

그렇지만 다른 한편으로 생각하니 홀로 계신 어머니께라도 큰아들이 열심히 공부하는 모습을 보여주는 것이 좋겠다는 생각이

들었다. 아버지께서 뜻밖에 돌아가셨듯이 어머니께서도 어떻게 될지 모르는 일이지 않은가. 나는 사람의 운명을 믿지 않지만, 아버지께서 돌아가시는 모습을 보면서 인간의 힘으로는 어쩔 수 없는 순간이 있다는 것을 깨달았다. 그래서 아버지가 안 계시어 아쉽기는 하지만 어머니를 찾아뵙기로 한 것이다.

보름 정도 남은 학술답사가 기다려진다. 추석이나 설 같은 명절 때보다도 더 기다려진다. 두말할 필요도 없이 어머니께서 고향에 계시기 때문이다. 살아가는 일이 왜 이리 바쁜지 자주 찾아뵙지도 안부 전화를 드리지도 못하고 있다. 지난달의 어버이날에도 찾아뵙지를 못했다. 아버지 없이 혼자 맞는 어버이날이어서 다른 때보다 쓸쓸하셨을 텐데 나는 자식 된 도리를 제대로 못했다. 그래서 이번 학술답사 때라도 찾아뵈려고 하는 것이다.

2

늦은 저녁, 들일을 마치고 집안으로 들어서는 어머니. 어머니의 수많은 모습들 중에 그 모습이 가장 먼저 떠오른다. 왜 그런지는 모르겠다. 아마도 어머니의 그 모습이 어린 내 가슴에 가장 깊게 박히었기 때문이리라. 저녁 시간이 넘었는데도 집으로 돌아오지 않는 어머니. 기다리다 지쳐 나는 어느덧 어머니에 대한 원망으로 끓어올랐다. 그렇게 있다가 보면 어머니는 점심 그릇 등을 넣은 고무 함지를 머리에 이고 마당에 들어선다. 나는 어머니를 보자마자 신경질을 냈다. 동생들도 배가 고프다고 야단이었고, 어떤 동생은 잠들어 있었다. 다른 친구들의 어머니는 때가 되면 돌아와 저녁을 짓는데 왜 어머니만 그러느냐고, 그렇게 일한다고 뭐가 달라지는 게 있느냐고, 나는 어린 나이답지 않게 아주 맹랑하게 따져들었다.

내가 신경질을 낼 때마다 어머니는 아무 말씀이 없으셨다. 그저 부엌에 들어가 저녁을 지을 뿐이었다. 어머니가 부랴부랴 차려 내온 밥상은 시커먼 꽁보리밥에 김치 조각. 또는 쌈을 싸먹으려고 들에서 뜯어온 야채와 거무튀튀한 된장. 꼭 그러한 것은 아니었는데도, 꽁보리밥과 거무튀튀한 된장의 모습이 지금 내 눈앞에 선명하다. 나는 저녁을 늦게 해주는 어머니에게 신경질을 내었지만 차려온 밥상은 투정하지 않았다. 나이가 어렸지만 맏이로서 나름대로 집안을 걱정하고 있었기 때문이다.

나는 지금도 음식에 대해서는 불평하지 않는다. 음식의 종류를 가리지 않고 맛을 따지지도 않는다. 밥을 먹는다는 것이 얼마나 힘든지, 나는 어린 나이 때부터 알고 있었던 것이다. 그래서 어쩌다가 음식에 머리카락이 들어간 것을 발견하고 난리를 치는 사람들을 볼 때 나는 이해하지 못한다. 음식에 들어 있는 머리카락 한 가닥이 무슨 대수인가. 나는 생선뼈도 다 씹어 먹고 과일 껍질도 다 먹고 상한 음식도 끓여서 먹는다. 외식을 할 때도 음식이 남는 것이 아까워 가능한 한 다 먹는다. 이와 같은 식사 습관이 몸을 상하게 했는지도 모른다. 지난해에 수술을 하고 나서는 음식을 조금은 조심해서 먹는다. 그래도 나는 여전히 음식을 가리거나 맛을 따지지 않는다.

어머니는 저녁이 늦었지만 평소에는 음식을 넉넉히 하셨다. 어머니가 장만한 음식이 남아 소여물이 되거나 먹지 못할 정도로 쉬어 텃밭의 거름으로 버려지는 일도 있었지만, 어머니는 별로 아까워하지 않으셨다. 그것은 할머니께서도 마찬가지였다. 할머니께서는 큰며느리의 손이 크다고 오히려 자랑하셨다. 어머니가 음식을 많이 하는 것은 할머니로부터 배운 것인지 모른다. 할머니께서는 항상 음식을 많이 하셨다. 그리하여 집에 찾아오는 사람이나 집 앞을 지나가는 사람들을 불러들여 음식을 내셨다. 이웃 사람들이나 우편배달부나 면사무소 직원들이 마루에 앉아 음식을 나누는 것은 흔한 모습이었다. 밥을 들거나 찐 고구마나 감자, 옥

수수, 과일 등을 들거나 막걸리나 냉수를 들거나 아니면 곰방대를 나누어 피는 것이었다.

우리 집이 마을의 중앙에 위치해 있었고 마당과 마루가 넓어 사람들이 많이 모여 들었다. 할머니나 어머니가 남을 험담하지 않고 품는 성격이기 때문이기도 했으리라. 며느리와 싸운 시어머니가 할머니를 찾아와 하소연하거나, 이웃집 아주머니들이 장 보러 갔다가 당한 일이나 장터에서 만난 사람들의 소식을 알리거나, 집안의 대소사를 준비하면서 의논하는 등 사람들은 할머니를 찾아와 답답함을 풀거나 궁리를 찾았다. 그리고 먼 곳에서 방물장수나 생선 장수나 약초 장수 등이 장사를 나오면 꼭 우리 집에서 며칠씩 묵고 갔다. 하루의 장사를 끝내고 돌아온 저녁마다 할머니의 방에서는 이야기꽃이 만발했다. 그 이야기들의 내용이 기억나지는 않지만, 장사꾼들의 재미있는 이야기를 들을 때마다 나는 그 미지의 세계에 호기심을 가졌다. 얼른 커서 넓은 세계에 나가고 싶었던 것이다.

그때의 아저씨와 아주머니들은 어디에 살고 계실까. 아마 이 세상에 없을 것이다. 그들을 맞이했던 할머니도 아버지도 이웃 사람들도 어느덧 이 세상에 안 계시지 않은가. 모두 옛날 사람이 되었다고 생각하니, 유한한 삶이 새삼 안타깝고 그 시절이 참으로 그립다. 그 아저씨와 아주머니들의 허풍과 신세 한탄과 웃음과 울음들. 나는 어린 나이였지만 인생이란 어떤 것인지 어렴풋하게나마 이해했는지 모른다.

할머니와 아버지는 다른 사람들과 이야기를 나누는 것을 좋아했지만 어머니는 그렇지 않았다. 어머니는 주로 다른 사람의 이야기를 들어주는 편이었다. 그것은 할머니가 계시어 나서기가 어려웠기 때문일 수도 있지만, 본래 그러한 성격이었다. 그래서 어머니는 그저 당신이 할 일을 묵묵히 하시는 것이었다. 들에서 일을 끝내고 늦은 저녁 집에 들어서면 큰아들이 대표 자격으로 신경질을 내어도 묵묵히 듣기만 할 뿐 별 말씀이 없으셨다. 어린 자식이 무례하게 대들었을 때 어머니의 속마음은 어떠했을까. 아마도 참을성이 없고 예의가 없는 자식을 나무라기보다는 자식들을 제대로 돌보지 못한다고 당신 스스로를 자책했을 것이다. 가난한 집안에 태어난 자식들에게 그저 미안한 마음을 가졌을 것이다.

이모님 댁에 왔다가 시골로 가시려는 어머니를 붙들었지만

상 한번 차리지 못했다

백년 만에 처음이라고 텔레비전이 떠들어대듯

눈이 너무 오기도 했지만

직장 일을 핑계로 늦게 들어오느라고

외식 한번 못했다

그렇지만 제대로 씻지 않는다고

공부를 안 한다고

아이들 야단치는 일은 빠트리지 않았다

씀씀이가 헤프다고

아내를 탓하는 버릇도 숨기지 않았다

뛰는 집값이며

노동자를 패는 경찰들을 욕하느라고

집안을 긴장시켰다

어머니가 얼른 내려가고 싶다고 할 때마다

동네 사람들이 아들 흉본다고

붙들어 놓고도 설쳐댔다

하루 종일 양계장의 닭처럼 갇혀 있던 어머니가

새우잠을 자는 밤

어디선가 청개구리 울음이 들렸다

— 「어머니를 울리다」 전문

내가 어머니를 뵙는 일은 한 해에 몇 번 되지 않는다. 추석이나 설이나 할아버지 제삿날 같은 때나 고향집으로 내려가 어머니를 뵙는다. 살아가기가 바쁘기 때문이라고 변명하기에는 그저 부끄럽다. 이루 말할 수 없이 죄송할 뿐이다. 오히려 어머니께서 아들을 보러 오시는 경우가 많다. 주로 집안의 결혼이나 장례식에 참석하러 오셨다가 집에 오시는 것이다. 그런데 그것도 요즘은 뜸하다. 내가 결혼 전에는 큰아들의 밑반찬을 해주려고 자주 오시는 편이었는데, 내가 가정을 이루고 나서는 아무래도 덜 오신다. 또 어머니가 집에 오시는 것은 아무래도 손자들이 보고 싶어서일 텐데, 어느덧 손자들이 중고생이 될 정도로 커 걱정을 덜 하셔도 되기 때문일 것이다.

나는 어머니께서 집에 오실 때마다 잘해 드려야겠다고 생각한다. 그렇지만 마음만 그러할 뿐이다. 아침 일찍 출근해 자정이 되어서야 돌아오는 직장 생활로 인해 어머니께 맛있는 음식을 제대로 대접해드리지 못했다. 또한 아이들에게 공부를 열심히 안 한다고 야단을 치고, 아내에게 살림을 제대로 못한다고 잔소리를 하느라고 어머니를 편안하게 해드리지 못했다. 뿐만 아니라 텔레비전에서 흘러나오는 집값이며 전세금이 뛰는 뉴스를 듣거나, 집회에 나선 노동자들을 범죄자 취급을 하며 짓밟는 경찰들의 모습에 나도 모르게 흥분해서 큰소리를 쳤다. 비리에 연루된 정치인들의 뉴스를 들을 때도 마찬가지였다. 어머니를 그저 불편하게 한 것이다.

어머니는 집에 오자마자 얼른 시골로 내려가야 한다고 말씀하신다. 애들을 봤으니 되었다고 하신다. 나는 그럴 때마다 마음 푹 놓고 쉬다가 가시라고 한다. 그러면 어머니는 집에 할 일이 많다며 내려가야 한다고 말씀하신다. 혹 내가 예의 없이 굴어 어머니가 그와 같은 말씀을 하신 것은 아닐까. 나는 어머니가 편해 마음 놓고 행동한 것인데 어머니는 다르게 생각한 것은 아닐까. 아마 그러하지는 않을 것이다. 그래도 앞으로는 어머니께 예를 갖춰 행동해야겠다고, 좀 더 잘해드려야겠다고 다짐한다. 어느덧 어머니도 많이 늙으셨다. 머리가 세고 얼굴의 주름이 늘고 허리가 굽은 어머니, 분명 노인이시다. 어느 날 틀니를 빼는 어머니의 모습을 보고 나는 가슴이 찡하여 눈물을 흘린 적이 있다. 정말 어머니를 보살펴드려야 할 때가 된 것이다.

어머니의 늙으신 모습을 볼 때마다 나는 가슴이 서글프다. 그리고 죄송한 마음을 감출 수 없다. 어머니께서 일찍 늙으신 데는 그만한 이유가 있다. 그것은 다름 아니라 나의 두 아이를 키우느라 힘드셨기 때문이다. 나와 아내는 맞벌이를 해야만 되어 부득이 어머니께 두 아이를 부탁했다. 어머니께서는 싫은 내색을 전혀 하지 않고 아이들을 맡아 주셨다. 맡아주신 정도가 아니라 정말 두 아이를 건강하게 잘 키워 주셨다. 둘째는 태어날 때부터 병원 신세를 질 정도로 몸이 약했는데 아주 건강하게 자라났다. 그 세월 동안 어머니는 늙으신 것이다. 아이들을 맡아 주실 때만 해도 어머니는 머리가 세지 않았는데, 어느덧 백발이 되셨다. 틀니도 하셨다. 두 아이를 키우느라고 얼마나 신경을 쓰셨을까, 그저 감사하고 죄송하다.

아이들이 학교에 갈 나이가 되어 부득이 집으로 데리고 왔다. 시골에서 그냥 자라게 할 생각도 없지 않았지만, 부모와 자식이 너무 떨어져 지내는 것이 좋지 않아 데리고 왔다. 할아버지와 할머니의 품에서 떼어서 올 때 아이들이 싫다고 발버둥을 치던 모습이 눈에 선하다. 그런데 어느새 아이들은 다 잊어버렸다. 요즘은 시골 할머니께 자주 전화를 드리라고 해도 아이들은 바쁘다는 핑계로 잘 하지 않는다. 그렇다고 해도 어머니께서는 손자들에게 섭섭한 마음을 가지지 않을 것이다. 오히려 그렇게 해야 된다고 말씀하실 분이다. 어머니께서는 그저 자식들이 잘되기만을 바라는 분이다. 당신의 몸이 아무리 힘들어도, 당신에게 손해가 되어도, 또 당신에게 어떠한 섭섭한 일이 있어도 자식을 위해 기꺼이 감수하는 분이다.

4

지난 토요일에 형삼이 할아버지가 돌아가셨고
보름 전엔 광락이 아버지 장사가 있었고……

아들의 밑반찬을 위해
한 달에 한 번씩 서울에 오실 때마다 어머니는
별들의 부음을 전한다

부음을 들을 때마다 나는 부끄럽다
이사를 하고 술을 마시고 영어단어를 외우면서
별들을 위한다고 했지만
나는 막걸리 한 사발도 못 낸 것이다

별들은
서울에서 포장마차를 하거나 하수구를 치거나
울산이나 포항의 공장에서 볼트를 조이거나 운전을 하거나
부산 같은 데에서 신발이나 청바지를 박는
새끼들을 남겼다

커피숍이나 밤업소에 나가는 새끼들도

버리지 못했다

새끼들은 별의 별이 되려고

이 사막 같은 세상을 담쟁이같이 타고 오르다가

무좀에 걸리고

때로는 허리를 다치고

도로교통법을 어기고 연체 이자에 쫓기는 것이다

입안이 헐고

눈물을 눈물로 흘리며 술을 마시고

종합병원 응급실에도 다녀오는 것이다

나도 별들이 남긴 한 새끼라고 생각한다

— 「별 새끼」 전문

    어머니는 집에 오실 때마다 고향에서 일어난 일들을 알려주신다. 누구네 할아버지가 돌아가셨고, 누구네 아들이 결혼을 했고, 누구네 아들이 일하다가 다쳤고, 누구네 엄마가 교통사고를 당했고, 누구네 아버지가 큰 수술을 받았고, 또 누구네가 서울에서 사업을 하는 아들이 잘 안 되어 땅을 팔았고 등등을 알려주신다.

나는 어머니의 말씀을 들을 때마다 그분들의 얼굴을 떠올린다. 내가 태어나서 자라는 동안 모두들 이러저러한 인연이 있는 분들이다. 어머니께서는 그러한 것을 잘 알고 계시기 때문에 조의금이나 축의금을 내 이름으로 냈다고 알려주신다. 고향의 분들이 객지에 있는 나에게까지 길흉사를 잘 알리지 않기 때문에 내가 인사를 드리기가 어려우니 어머니께서는 아들의 체면을 살려주시는 것이다. 나는 어머니의 말씀을 들을 때마다 자식을 생각하는 깊은 마음에 그저 감동한다.

나는 어머니께서 전하는 고향의 소식을 들을 때마다 서글픈 마음을 갖는다. 소식의 대부분은 잘된 경우보다 잘 되지 않은 경우가 다반사이다. 내가 아는 분이 세상을 떴거나 다쳤거나 큰 수술을 받았거나 집안의 경제적인 어려움에 처했거나 등등인 것이다. 나는 고향의 분들이 어려운 이유를 잘 알고 있다. 그들은 모두 모두 가난하기 때문이다. 또 배우지 못했고 힘이 없기 때문이다. 그리하여 그들은 정보력도 인맥도 가지지 못해 돈을 벌기 힘들다. 병이 나도 제때에 치료를 받기 힘들다. 명예를 갖기는커녕 살아가는 것 차제가 힘든 것이다.

그들만 그러한 것이 아니라 그들의 자식들 또한 마찬가지이다.

가난한 집안에서 태어났기 때문에 자식들 역시 가진 것이 없고 배움의 기회를 갖지 못했다. 그리하여 사회의 하층에서 살아갈 수밖에 없어 힘든 노동을 하다가 몸을 다치고, 서러운 일을 당하고, 그리고 경제적으로 어려움을 겪고 있는 것이다.

그리하여 나는 고향 사람들의 안된 얘기를 들을 때마다 자연스레 민중의 개념을 떠올린다. 착하고 인심이 좋고 열심히 일하는데도 가난을 벗어나지 못하는 민중들. 배움과 사회적 경험이 부족해 선거를 하면 항상 여당을 찍는 순종적인 민중들. 세상을 주체적이고 바라보지 못하고 자포자기로 살아가는 민중들. 나의 어머니 역시 그러한 민중들 중의 한 분이다. 나도 그러한 민중들의 한 자식이다. 따라서 내가 어떻게 살아가야 하는지는 두말할 필요도 없다. 나는 어머니를 생각하며, 고향의 사람들을 생각하며, 아니 민중들을 생각하며 일해야 한다. 그들에게 어떠한 도움을 되는지를 생각하며 행동해야 하는 것이다.

어머니가 사주신 양말 속으로

발을 쑥 밀어넣는다

양말 속의 발가락들이 서로 기대고 히히덕거리며

야단들이다 목욕탕에서 물장난을 치는 아이들처럼

서로의 별명을 부르며 좋아라 한다

꼼지락거리는 발가락들을 다독거리며

출근을 한다 발가락들이 기대하는 눈빛을 떠올리며

결혼 기념 시계를 차고 출근복을 입고

머리 빗고 구두를 신고

집을 나가 언덕을 오른다

전철역으로 가는 봄 언덕에서 바라보는

앞산은 연둣빛이다

산은 나무들로 이루어져

양말 속의 발가락들처럼 서로의 이름을 부르고

숨바꼭질을 하고

휘파람을 불며 새들을 꼬드기고

햇살 틈에서 나붓거린다

일터로 가는 나의 발걸음 또한

연둣빛이다

— 「연둣빛 발걸음」 전문

나는 아침에 출근해서 자정이 되어야 퇴근한다. 특별한 일이 없으면 주일이나 공휴일에도 그렇게 생활한다. 어떤 사람들은 나를 보고 일중독자라고 말한다. 나는 그와 같은 주위의 시선에 개의치 않는다. 나는 하고 싶은 일을, 해야만 되는 일을 할 뿐이다. 때로는 일이 힘들기도 하고 하기 싫은 때도 있지만, 그럴 때마다 들일을 끝내고 늦은 저녁에 집안에 들어서던 어머니의 모습이 떠오른다. 내가 아무리 일을 한다고 해도 어머니에 비해서는 아무것도 아니다. 어머니께서는 일의 숭고함을 가르쳐주셨다. 한평생을 살아가기 위해서는 어떻게 일을 해야 되는지를 온몸으로 보여주신 것이다. 어머니는 이루 말할 수 없이 착하면서도 강한 분이다. 나는 어머니의 그와 같은 모습을 따라 살아갈 것이다. 내 삶의 거울인 어머니, 감사합니다.

맹문재 1991년 《문학정신》으로 작품 활동을 시작했다. 시집으로 『먼 길을 움직인다』, 『물고기에게 배우다』, 『책이 무거운 이유』, 『사과를 내밀다』, 『기룬 어린 양늘』이 있다. 전태일문학상, 윤상원문학상, 고산문학상 등을 수상하였다. 현재 《시와시》 주간, 안양대 국문과 교수로 있다.

127

• 문성해

집 밖의
어머니들

어머니는 어떤 자상한 이야기도 그럴싸한 이야기로 둔갑
시키는 힘을 가진 분이었다. 반쯤에 핀 한이 가득하든, 이
어머니도 이야기들은 집에서가 직접이 내게 해준 덧거리의
따임하고 해도 과언이 아니다.

세상의 모든 어머니들이 그러하듯 나의 어머니도 당신 한 몸을 자식들의 불쏘시개로 온전히 내던진 분이셨다. 지금은 어느 곳 하나 안 아픈 데가 없으신 늙고 병든 어머니를 보고 있으면 내 눈이 그득해져 오고 방이 그득해져 오고 온 우주가 그득해져 온다. 동그랗고 작은 이 체구가 어떻게 온 우주를 덮을 수 있는가 말이다. 어머니를 또 보고 있으면 어린 소녀의 얼굴이 어찌 이렇게 주름진 얼굴이 될 수 있을까 슬퍼진다. 언젠가부터 주름 속에서 나와 본 적 없는, 그 주름 속 어딘가에 갇혀 울고 있는 어린 소녀가 가엾어지기도 한다. 그 소녀를 주름 속에서 데리고 나와 햇볕 속에서 한 이틀 푹 놀게 하고 싶다.

간혹 어머니에게서 이 어린 소녀의 얼굴이 희미하게 보일 때가 있다. 일 년 중 지금처럼 지천에 봄꽃들이 피어날 때면 거친 나무 등걸을 뚫고 꽃망울이 솟아나오듯 어머니의 자글자글한 주름을 뚫고 어린 소녀의 얼굴이 조심스럽게 얼비치기도 한다. 맨 땅을 뚫고 나온 봄꽃들을 찾아 이 산 저 산으로 다니시는 어머니는 내가 늘 보던 골골하던 어머니가 아니다. 어머니 속에서 나온 그 소녀의 단단한 장딴지가 아니고서는 저리 나다니실 수가 없는 터, 봄꽃들이 가고 나면 홀연 어머니에게서도 소녀가 가고 만다. 나는 그 소녀가 어머니 얼굴 속에서 한순간에 사라지는 것을 망연자실 바라보며 일 년 중에 봄이 가장 짧은 것을 비탄하고 또 비탄할 뿐이다. 봄이 가면 어머니는 급속도로 늙어 가신다. 홍안의 소녀가 산으로 들로 끌고 다닌 몸이 이제 제대로 반응을 하는 것이리라.

주름이 참혹하게 뒤덮인 어머니의 얼굴을 보고 있으면 그 주름의 골속에 깊숙이 감춰진, 어머니가 한 번도 우리들에게 내보이지 않으신 어머니의 꿈이라든가 소 울음이라든가 삭이지 못한 분노라든가 하는 것들을 찾아낼 수도 있을 것 같다. 어머니는 한 번도 우리들에게 어머니의 꿈에 대해 이야기해주신 적이 없다. 어머니 속에 깃든 어린 소녀가 꾸었던 꿈은 과연 무엇이었을까? 선생님이었거나 간호사였거나 여군이었거나 시인이었거나 마음만 먹으면 무엇이라도 되었을 어머니가 한평생 이 좁고 냄새나는 부엌을 못 벗어나신 것에 다시 마음이 슬퍼진다. 이제는 다 늙고 지친 육신이지만 아주 가끔씩 그것에 대한 회한이 찾아올 때 어머니는 어떡하고 계실까? 자식이 되어서 이제껏 어머니의 꿈이 뭐였는지조차도 몰랐다는 것에 새삼 부끄러움이 몰려든다.

　나의 어머니는 1942년 임오년에 태어나셨다. 어머니는 비교적 유복한 집안의 외동딸로 태어나셨는데 한겨울 어머니가 학교에서 돌아오면 외할아버지가 저고리를 열고 추위에 떨며 돌아온 어린 딸을 맨가슴으로 품어주셨다고 한다. 다정다감했던 외할아버지에 비해 외할머니는 엄격하셨다. 키가 크고 대나무처럼 허리가 곧으셨던 외할머니는 옷태가 좋으셔서 멀리서도 단연 눈에 띄었다고 한다. 그런 외할머니를 닮았으면 지금의 어머니도 곧은 허리며 다부진 어깨에 한 사나흘 정도 멀리 떨어진 딸네 집에 다녀오셔도 끄떡없으실 텐데 어머니는 병치레가 잦은 외할아버지를 닮아 조금만 움직이셔도 며칠을 끙끙 앓으신다.
　어머니는 훈장님이시던 외할아버지에게서 한자를 어릴 적부터 배우셨다고 한다. 지금도 한자만큼은 웬만한 사람한테는 뒤지지 않을 만큼 탄탄한 실력을 갖고 계시는 어머니다. 그러나 외할 아버지는 딸의 진학에 관해서만은 옛날 사고방식을 가지신 분이 셨다. 외할아버지는 여자가 학교를 많이 다니면 팔자만 세다 하 시며 어머니를 중학교까지만 보내셨다. 어머니는 여덟 살 때 전 쟁 통에 갓난아이였던 사촌 동생을 잃었다고 했다. 폭격소리에 자지러지게 놀란 동생이 며칠 동안 시퍼런 변을 싸다가 결국은 죽 었는데 어머니의 등에서 한시도 떠난 적이 없던 그 어린 사촌의 죽음은 어머니를 조숙한 아이로 만들었다.

어머니는 열아홉 살에 집안 어른의 중매로 어머니보다 일곱 살 이나 많은 아버지와 결혼을 하셨다. 아버지 어머니 두 분 다 손바 닥만 한 증명사진만 보고 결혼을 하셨는데 지금으로서는 신기한 일일 뿐이다. 나이 차이도 많은 데다 말수마저 적으신 아버지가 어머니는 늘 손님처럼 어려웠다고 한다. 국민학교 선생님이신 아 버지가 학교에서 퇴근하여 오시면 어머니는 아버지 먼저 밥상을 차려드리고 당신은 올망졸망한 딸들을 데리고 아버지가 식사를 마칠 때까지 다른 방에서 기다렸다고 한다. 시끌시끌한 아이들 소리를 아버지가 병적으로 싫어하셨기 때문이다. 하루 종일 학교 에서 아이들에게 시달린 아버지는 집에서만큼은 조용히 있고 싶 어하셨다. 음악과 영화와 독서를 좋아하고 예술적인 기질을 타고 나신 아버지는 판에 박힌 교편생활을 싫어하셨다. 충주 사범고등학교를 나와 열아홉 살 때부터 교편생활을 하신 아버지였다. 다른 선택을 할 여지도 없이 교직에 몸 담으셔야 했던 아버지는 술만 드시면 학교를 때려치우고 싶다고 하여 어머니를 불안하게 하셨다. 아버지가 밥을 다 드시고 나면 그제서야 어머니는 우리들과 함께 늦은 식사를 하셨다. 어린 새끼들 밥을 챙기랴 당신 밥을 드시랴 어머니의 밥 먹는 속도는 그야말로 입으로 음식을 끌어다 넣는 수준이었다. 씹지도 않고 급하게 드시는 습관 때문에 어머니는 지금도 소화불량으로 고생을 하신다.

우리 집은 문경에서 두 번째 딸 부잣집으로 명성이 자자했다. 첫 번째 딸 부잣집은 딸이 열 명이나 되는 향이네였고 우리 집은 그 다음으로 딸이 다섯이었다. 향이네 어머니와 아버지는 금슬이 너무 좋아 시장을 가도 꼭 다정하게 손을 잡고 다닌다고 했다. 어머니 아버지는 딱히 그런 편도 아니었는데 어머니가 워낙 어렸을 때 시집을 와서 자연스레 아이도 많이 생기지 않았나 싶다. 어머니는 시집와서 줄줄이 딸만 낳은 죄로 미역국조차도 맘 편히 드실 수 없었다고 한다. 낳으면 딸, 낳으면 또 딸이고 했으니 어머니도 시어머니와 아버지를 볼 면목이 없으셨을 것이다. 아버지가 장손이셨으니 잘못하면 대가 끊길 판이었다. 냉랭한 시어머니와 무뚝뚝한 남편이 버티고 있는 집이 편하실 리가 없는 어머니는 친정에만 가면 한사코 집에 돌아가기 싫어 우셨다고 한다. 애지중지 키운 외동딸이 그러는 것을 보고 외할머니는 또 얼마나 속상하셨을까?

우리가 어릴 때 살던 집은 아궁이에 불 때는 기와집이었는데 어머니는 가마솥에 물을 데워서 붉은 고무 목욕통 가득 물을 붓고 딸 하나하나를 씻겨서 방으로 들여보내곤 하셨다. 다섯이나 되는 자식들을 다 씻겨서 방으로 들여보내고 나면 먼저 씻긴 아이들이 또 마당에서 흙장난을 해서 어머니 속을 뒤집어 놓았다 한다. 궁여지책으로 방 한가득 쌀 튀밥을 부어 놓으니 그것들을 집어 먹느라고 당분간 조용하더라는 이야기는 언제 들어도 재미있다.

어느 핸가 어머니는 우리들에게 양장점에서 똑같은 천으로 옷을 맞춰 입혔는데 아침이면 그 옷을 입고 유치원으로 초등학교로 줄줄이 등교하는 모습은 지나가는 사람도 돌아보게 했다. 머리부터 발끝까지 깔끔이들이 등교하는 시간이면 동네 아줌마들은 하던 일도 멈추고 돌아볼 정도였으니 모두가 어머니의 부지런한 손길 덕분이었음은 두말할 필요조차 없다.

아버지가 조용하고 쌀쌀맞고 내성적이라면 어머니는 그와는 정반대로 웃음과 정이 많으셨다. 어린 나이에 할아버지를 여의고 일찍부터 팍팍한 세상에서 가장 노릇을 하시던 아버지와는 달리 어머니는 외동딸로 사랑을 듬뿍 받고 자라서 사람들과도 잘 사귀셨다. 동네에서 언니 동생이라고 부르는 여자들도 많았는데 나는 어렸을 때 그분들이 모두 다 친이모들인 줄 알았을 정도다. 동네 이모들은 가끔씩 아버지가 안 계시는 날이면 우리 집에 모여 김치전 같은 것들을 부쳐 먹으며 하루 종일 놀다 가곤 하였다. 부치는 양도 엄청 나서 묵은 김치를 거덜 낼 정도였으니 그런 날이면 으레 그 이모의 자식들도 우리 집으로 건너와 매운 김치전을 호호 불며 입이 미어터지도록 먹어대었다. 맵고 짠 김치전 덕분에 저녁이면 잔뜩 튀어나온 물배를 두드리며 놀았던 기억도 난다. 어머니가 그 이모들 집으로 놀러 가는 날은 우리들도 우르르 오리 새끼들처럼 따라가서 순두부 같은 것을 들이키며 그 집에서 하루 종일 놀았다.

시들어가는 장미들 사이에서
웬 김치전 냄새가 물씬 난다

그런 붉고 시큼한 기억이 내게도 있으니

우리 동네에서 가장 오래된 그 집

붉은 솟을대문을 밀고 들어가면

오동나무 평상이 있고 평상을 건너

청상으로 늙은 여자가 밖을 내다보는 안방이 있고

뒤란에는 붉고 시큼털털한 전을

볼이 미어지게 밀어 넣는 아이들이 있고

장미가 시들어가는 마당에는 오늘 안으로

묵은 것을 다 내와서 부치고 앉은 펑퍼짐한 여자들이 있다

그 여자들이 다 내게는 할매와 엄마와 이모라 불리는 여자들

이었으니

그 붉은 장미 속살 같은 지지미들의 중첩

내 그것 한 장 얻어 맡고 밤새 신트림을 해대었으니

맏딸인 나는 어렸을 때부터 아버지를 빼다 박았다는 소리를 많
이 듣고 자랐다. 아버지의 차갑고 소심하고 날카로운 성정을 그
대로 닮은 나는 아버지가 그랬던 것처럼 매사에 긍정적인 면보다
는 부정적인 면이 많았다. 내가 얼마나 어머니를 닮고 싶어 했는

지는 학창 시절의 일기장을 보면 알 수 있다. 그 시절의 일기장에는 내가 어머니를 닮지 않고 아버지를 닮은 것에 대한 불만으로 가득 차 있다. 동생들 모두 어머니를 닮고 나만 아버지를 닮았으니 어디에서 주워온 자식이라는 생각까지 했을 정도이다.

아버지와 내가 음지에서 이끼가 자라는 고사목이라면 어머니와 동생들은 양지에서 자라나는 새파란 싹들 같았다. 나는 아버지를 부정하면 부정할수록 아버지의 성정을 그대로 따라갔으며 반대로 어머니와 동생들은 내 손이 닿을 수 없는 곳으로 점점 멀어져 갔다. 어머니와 동생들이 환하게 웃고 있는 곳, 그곳은 내가 갈 수 없는 곳이란 생각이 지배적이었다. 그러나 세월이 지나 어머니가 지나온 나이를 지나면서 내 얼굴에서도 심심찮게 어머니의 얼굴이 보인다. 어렸을 때는 감춰져 있었던 모습들이 나이가 지나면서 터를 잡아갔던지 내 얼굴은 어느 새 조금씩 어머니 얼굴을 닮아가고 있었다. 반대로 어머니를 빼닮은 동생들 얼굴에도 문득문득 아버지 얼굴이 나타날 것이다. 부모님 얼굴을 이제야 내 얼굴에 골고루 다 담게 되었으니 비로소 온전한 자식이 된 듯하다.

어머니는 어떤 시시한 이야기도 그럴싸한 이야기로 둔갑시키는 입담을 가진 분이셨다. 퇴근하여 오시면 문을 닫고 혼자 TV 삼매경에 빠져 계시던 아버지와 달리 어머니는 어린 시절 우리들에게 많은 이야기를 들려 주셨다. 비가 오면 공동묘지에 귀신이 나오는 이야기부터 눈물 나도록 익살스러운 도깨비 이야기, 계모 이야기, 드라큘라 이야기, 왕자와 공주 이야기까지. 그중에서도 가장 재미있는 건 어떤 이야기책이나 그림책에도 나오지 않는 어머니가 지어내신 이야기들이다. 반전에 반전이 거듭되는 이 어머니표 이야기들은 뒤에 내가 시인이 되게 해준 밑거름이 되었다고 해도 과언이 아니다.

지금도 눈앞에 선한 풍경이 있는데 그것은 눈 오는 날 빨래를 해 입는다는 다리 밑의 거지들 모습이다. 어머니가 어렸을 때 다리 밑의 거지들은 눈 오는 날 빨래를 해 입었다고 했다. 눈 오는 날은 따뜻해서 거지들이 빨래를 해 입기 좋은 날이었는데 나는 포근한 눈송이가 내리는 날, 웃통을 벗거나 내복 차림의 거지들이 다리 밑에 옹기종기 모여 있는 그림을 그리면서 시를 써 내려갈 수 있었다. 지금도 간혹 어머니가 흘리시는 말을 귀담아 듣고 있으면 시의 소재들이 무궁무진 쏟아져 나오는 걸 느낄 수 있다. 평생 시 한 줄 모르고 사셨지만 어머니는 시를 몸으로 사신 분이시다. 그렇기 때문에 이런 일도 가능한 것이리라.

우리 집 뒤편에는 담을 함께 쓰는 절이 있었는데 일요일이면 결혼식도 열리고 한 달에 한두 번씩 법회나 백일기도 같은 것도 열렸다. 그런 날이면 어머니는 동네 이모들과 으레 그 절집에 가 있었다. 절집 일을 도와주면 쌀이나 보리, 배추 같은 것을 얻어 올 수 있었기 때문이다. 아버지의 박봉으로는 줄줄이 달린 새끼들을 배불리 먹일 수가 없었던 때였다.

　담장 너머로 목탁 소리와 염불 소리가 커지고 매캐한 향냄새가 풍겨오는 날이면 우리는 마냥 들떴다. 알록달록한 연등이 달린 마당에 곱게 한복을 차려 입은 여자들이 들락날락하는 절집은 평소 우리가 숨바꼭질과 귀신놀이하기에 좋았던 썰렁하던 곳이 아니었다. 웬만한 집의 안방보다 넓은 부엌에선 와자지껄 여자들이 미나리전이니 부추전이니 파전을 부치느라 부산하였고 법당에서는 밤새도록 목탁 소리와 염불 소리가 흘러나왔다. 여자들은 법당 앞에서 귓속말로 소곤거리거나 얼굴을 붉히며 웃었고 평소 우리들만 보면 나가서 놀라고 소리치거나 꿀밤을 주던 상좌스님들도 그날은 연신 허리를 낮추며 지나갔다. 무언가 비밀스러운 일들이 일어날 것 같은 분위기에 평소보다 낮은 목소리와 눈빛을 주고받으며 우리는 몸을 떨었다.

　나는 조금 전에 절집 부엌에서 부침개를 건네주던 어머니의 볼

이 발갛게 상기된 것을 생각했다. 왠지 절에서 만난 어머니는 낯설었다. 조금 전에 본 어머니는 아버지 앞에서 쩔쩔매거나 눈물을 쏟던 어머니가 아니었다. 어린 우리에게 푸념 아닌 푸념을 늘어놓던 얼굴에 잔뜩 기미가 돋은 어머니도 아니었다. 어머니는 결혼식을 앞둔 신부처럼 수줍어하는 것 같았고 선생님한테서나 나는 좋은 향기가 났고 동네 언니들처럼 숨소리에서도 달착지근한 냄새가 났다. 어린 나는 어머니가 매일 절에만 왔으면 좋겠다는 생각을 했다. 오랜만에 맡는 기름 냄새와 고소한 나물 냄새가 밴 절집도 좋았지만 무엇보다도 그곳의 어머니가 누군가에게 자랑하고 싶을 만큼 젊고 예쁘게 보여서였다.

지금 생각해보면 어머니는 철저하게 집 밖을 위해 태어난 분 같았다. 집안의 어머니와 집 밖의 어머니는 확연히 차이가 났다. 부엌과 수돗가를 하루 종일 오가며 억척스럽게 일만 하던 집안의 어머니와 산과 들이 빚어낸 듯 밝고 화사한 집밖의 어머니는 너무나 대조적이었다. 집 밖의 어머니는 솜털처럼 가벼웠고 종달새처럼 수다스러웠고 무엇보다 봄꽃들처럼 눈 부시게 아름다웠다.

그러나 집 밖의 어머니는 내게 외로움을 안겨주는 존재이기도 했다. 중학교 때였던가, 친척 결혼식에 다녀오시던 화사한 투피스 차림의 어머니를 하굣길에 만난 적이 있다. 친척들과 왁자하게 떠들며 오시는 어머니가 왜 그렇게나 낯설었던지 나는 친척들에게 인사도 하는 둥 마는 둥 집으로 돌아오고야 말았다. 나는 화사하고 낯선 집 밖의 어머니보다 김치 냄새가 밴 앞치마로 우리를 맞아주던 집안의 어머니가 더 좋았음을 그때서야 알았다.

나는 교복을 입고서는 절대 어머니와 같이 다니려고 하지 않았던 때가 있었다. 교복을 입고 어머니와 같이 나가면 언니냐고 묻는 사람들이 너무 많았기 때문이다. 어머니가 스무 살에 나를 낳았으니 그럴 만도 했다. 친구들은 어머니가 젊다고 부러워했지만 한창 사춘기였던 나는 젊은 어머니하고 다니는 것이 싫었다. 어머니가 젊어서 좋은 것보다는 남들도 인정할 만한 나만의 어머니가 없다는 기분이 더 앞섰기 때문이다.

그럼에도 어머니의 젊은 시절이 눈에 보이듯 선명하게 생각나지 않는 건 왜일까? 어머니의 가장 젊은 시절에 내가 태어났으니 나만큼 어머니의 젊음과 늙음을 고스란히 지켜보면서 자란 자식도 없을 것이다. 지금의 어머니만 내 곁에 있었다는 생각은 비단 나뿐만이 아닐 것이다. 분명 사진을 보면 젊은 어머니 곁에 아기인 내가 있고 교복을 입은 나와 동생들이 있었음에도 그 시절의 어머니는 아무리 해도 생각나지 않는다. 그 이유는 뭘까? 가족이란 매일매일을 관심으로 살기 때문이라고 생각해본다. 가족은 과

거나 미래가 아니라 늘 현재로 보기 때문이다. 그래서 어머니에
게는 우리가 영원히 어린 자식들인 것처럼 우리들에게는 영원히
지금의 어머니만 계신 것이다. 그나저나 내 곁에 언제나 지금 연
세의 어머니만 계시단 것이니 어머니가 알면 참으로 속상하실 일
이 아니고 무엇이랴.

　어머니를 생각하면 환하게 떠오르는 모습이 있다. 대구의 우리
집은 반양옥집으로 옥상에 오르려면 가파른 계단을 위태위태하
게 올라가야만 했다. 어머니는 한번 대청소를 하시면 옥상에서부
터 시멘트 마당까지 온 집안을 환하게 치워야만 직성이 풀리는 분
이셨다. 그중에서도 단연 어머니가 공을 들이시는 부분은 시멘트
마당의 물때를 벗기는 일이었다. 어머니는 물 함지박을 끌고 다
니면서 칫솔이 몇 개나 부러져 나갈 때까지 시멘트 마당의 물때를
벗기셨다. 바지를 둥둥 걷고 맨발로 쪼그리고 앉아 시멘트 마당
과 씨름하는 모습은 자못 숙연하기까지 했다. 몇 시간이고 물때
와 씨름을 하고 난 뒤 환한 마당을 깔고 앉아 커피 한잔을 마시는
어머니는 천하를 얻으신 듯 의기양양해 보였을 정도이다. 그러나
어머니가 환하게 벗겨 놓은 그곳에 꼭 불한당처럼 들이닥치는 게
있으니 바로 비란 놈이었다. 이 비는 꼭 어머니가 시멘트 마당을

훤하게 씻기고 나면 기다렸단 듯이 잔뜩 물때를 업고 나타나서 어머니의 부아를 돋우곤 하였다. 일흔이 넘으신 어머니의 마당에는 언젠가부터 물때가 잔뜩 끼어 있다. 이제 다시는 어머니의 훤한 마당을 볼 일이 없다는 게 슬퍼진다.

이 길고 멀고 오래된 것은 어디서 오나

이 차고 습습하고 묵은내가 나는
내 철들자 맞기 시작한
어떤 상담교사보다도 더
귀에 쏙 맞는 말씀을 담아주는 이것은

내 어미가 싱싱한 허벅지를 걷고
헌 칫솔로 한바탕 시멘트 마당을 벗기고 나면
꼭 들이닥치던 이것은
내 아비가 장롱 손잡이에 혁대를 걸고
면도칼을 갈며 바라보던 이것은

내 이마를 지나 코끝을 지나

장미 꽃잎을 지나 꽃받침을 지나 잎사귀를 지나
땅에서 난민처럼 버글거리는 이것은

먼 산도 넓은 벌도 앞 도랑도
막 매달리기 시작한 포도도 착하게 맞고 있는 이것은
마침내 자두 맛 참외 맛 수박 맛도 다 엎어가는 이것은

내가 훗날 시를 쓰는 사람이 된 데는 다분히 어머니의 공이 컸
다. 당신의 문학적인 끼를 물려받았음에도 글 쓰는 것을 반대하
신 아버지와 달리 어머니는 내가 하고자 하는 일을 묵묵히 밀어주
셨다. 고등학교 1학년 때였던 것 같다. 연합고사에 떨어진 나는
식구들이 다 대구로 이사를 가고 난 뒤 홀로 문경에서 자취생활을
하고 있었다. 그해 여름방학 때 대구 집에 가니 어머니가 상기된
얼굴로 나를 작은 방으로 이끄셨다. 아, 그곳 책장에서 나를 기다
리고 있었던 것은 삼성출판사에서 나온 청소년 세계문학전집이
었다. 엄마는 평소 책읽기를 좋아하던 나를 위해 방학 때 읽으라
고 할부로 그 책을 사두신 것이었다. 여름방학 내내 나는 더위도
잊은 채 그 책들을 끼고 살았다. 그 책들을 읽고 난 뒤 막연하나마

글 쓰는 일을 해보고 싶다는 생각을 가지게 되었으니 그때 어머니가 나를 위하여 사준 그 책들이 없었다면 과연 지금의 내가 있었을까? 그 후 나는 작가가 된 내 모습을 그리며 혼자 빙그레 웃는 일이 잦아졌다. 연필 하나로 내가 좋아하는 일을 평생 할 수 있다는 생각은 나를 가슴 벅차게 했다. 그 후 책과는 떼려야 뗄 수 없는 시인의 길을 걷고 있지만 지금까지 내 살이 되고 피가 되어준 책들은 그때 어머니가 사준 그 책들이다. 지금도 어머니에게 그때의 일을 물으면 어머니는 '그냥'이라고만 하신다.

"그냥, 네가 책을 하도 좋아해서 샀지, 뭐."

전업 시인인 내게 시는 곧 일인 셈이다. 시를 쓰지 않으면 먹고살 수 없는 나에게 어머니는 조심스럽게 전화를 걸어오신다. "글 농사 많이 지어라, 그래야 돈도 벌고 자식도 건사할 게 아니냐?" 책만 보면 잠이 온다는 어머니가 평생 읽은 책이라곤 불경뿐인 어머니가 내게 글은 경외스러운 것임을 또박또박 전화 목소리로 일깨워주신다. 글은 먹고사는 것이니만큼 중하디중한 것이란 것을 알려주시면서 "글을 쓰라!"고 채근하신다. 어머니는 아실까? 내가 써내는 글이 어디 멀리에서 오는 게 아니라 사실은 어머니가 예전부터 내게 해주신 이야기라는 것을, 내 시가 당신과 하등 관계없는 것이 아니라 내 손과 내 머리를 빌려 오는 당신의 이야기라는 것을, 내게 시는 오로지 나만의 것이 아니다. 내 시는 어머니 아버지의 축소판이며 나아가서는 그분들을 이 땅으로 보낸 할머니의 할머니, 더 나아가서는 이 땅과 이 우주의 이야기이다.

어머니는 올해도 어김없이 어머니 속에서 나온 소녀가 이끄는 손을 잡고 꽃구경을 하다 돌아오셨다. 돌아오셔선 "아이구, 다리야! 너희는 젊어서 다니그라. 늙으면 다니는 것도 추하다." 하시지만 사실은 어머니도 아시는 것이다. 이맘때면 당신 속에서 나온 뽀얀 소녀의 팔을 뿌리칠 수 없어 마냥 붙잡고 다니신 것이란 것을.

오늘도 그런 한 떼의 어머니들과 소녀들이 장미원 속으로 들어들 가신다. 몸만 늙었지 마음은 청춘인 소녀들이다. 꼬질꼬질한 집안의 어머니가 아닌, 산과 들판이 낳은 든든한 장딴지의 어머니들이 꽃 속으로 파묻힌다. 모두가 떠들썩한 집 밖의 어머니들이다.

문성해

1998년 《매일신문》, 2003년 《경향신문》 신춘문예로 등단하였으며, 시집으로 『자라』, 『아주 친근한 소용돌이』, 『입술을 건너간 이름』이 있다. 대구시협상, 김달진문학상 젊은 시인상을 수상하였다.

● 박용하

나의
아름다운 그녀

어머니는 늘 단정하고 반듯했다. 모자라지도 넘치지도 않았다. 사리가 분명했고 끊고 맺음이 확실했다. 칼 같았다. 어머니는 양심에 어긋나는 짓을 하지 않았고, 남한테 손 벌리는 걸 끔찍이 싫어했다. 십 원 한 푼 빚지고는 못 사는 성미였다. 정신적으로나 물질적으로나 심리적으로나 사회적으로나 남한테 폐 끼치는 꼴을 못 봤다. 지 새끼만 귀하고 남의 새끼는 안중에도 없는 '어머니'란 이름의 탈을 뒤집어쓴 여자들을 증오하는 나만큼은 아니어도 어머니 역시 그런 계집들을 경멸했다.

어머니는 말이 많은 사람이 아니었다. 그렇다고 말이 없는 사람도 아니었다. 조금 말하고 알맞게 말했으며 모자라지도 넘치지도 않게 말했다. 배운 사람이 아니었지만 배운 사람보다 말이 적어 뛰어났다. 어머니는 남을 깎아내리거나 헐뜯고 시샘하는 걸 아주 싫어했으며 남 잘되는 꼴을 못 보는 인간들 역시 경멸했다. 어머니의 말은 글깨나 배웠다는 사람들의 허망해 빠진 말의 남용을 가볍게 제압할 정도로 절제된 화법을 썼고, 지금도 그렇다. 유머 감각도 배운 사람들 저리 가라였다.

　그녀는 미인이었다. 그리 크지 않은 키. 군더더기 없는 몸매의 단아하고 기품 있는 여인이었다. 게다가 넘치지도 모자라지도 않은 아름다운 가슴을 지녔다. 그녀가 다소곳이 앉아 있을 땐, 이 세계의 조용함이 그 곁에 앉아 있는 것 같았다. 그녀는 늘 그 자리에서 동요 없이 더도 덜도 아닌 딱 고만큼의 빛으로 빛나는 촛불 같았다. 그녀가 음식을 만들 땐, 새로운 세계가 만들어지기라도 하듯 시간에 침이 고였다. 그녀는 미풍이 오고 가듯이 걸었다. 걸음걸이에 조금이라도 헛된 과장이 섞여 있지 않았다. 그녀는 늘 그 시간에 깨어 쌀을 씻고 밥을 했다. 청소하고 빨래했다. 궂은일을 마다하지 않았고, 일생 근심하고 걱정하며 살았다. 그녀의 손이 닿으면 사물들은 생기를 찾았으며 군더더기 없는 사물로 자리 잡았다. 그녀의 손에 닿는 사람이나 물건이나 식물이나 빛이 났고,

빛이 오래 머물렀다. 그녀가 다가가면 사물이 그녀의 손길을 기다리기라도 하듯 먼저 손을 내밀었다. 그녀의 손에 닿으면 버리려고 내놓은 화분도 윤기 흐르는 화분으로 탈바꿈했고, 그 화분에는 난이고 행운목이고 꽃을 피웠다. 그녀의 손이 닿으면 별거 아닌 식재료들이 별미가 되어 혀 위를 날았다. 내가 손으로 시나 끄적거린다면, 그녀는 손으로 생활을 구했고, 구석구석을 광냈다. 물론 그녀의 손이 그녀의 전부는 아니다. 하지만 그녀의 실체가 그녀의 손에 의해 구현된 것은 엄연한 사실이고 거부할 수 없는 진실이다. 그녀는 입으로 말하는 사람이 아니고 손으로 말하는 사람이었다. 그녀는 아름다운 사람이었다. 그녀는 나의 아름다운 그녀였다. 지금이야 여든 노모가 됐지만 젊은 날 그 자태는 곱고도 고왔다. 마치 화사한 봄날을 유영하는 한 마리 연한 배추흰나비를 연상시켰다. 열 번 양보해도 아버지한테 어머니는 과분했던 사람이고, 과분했던 사람이기 전에 과분한 여자였다면, 어머니한테 아버지는 거의 최악이었다. 어머니에게 아버지는 너무 안 맞는 인간이었고, 그런 인간이기 전에 사내였다. 여든을 넘기신 어머니가 하루는 내 앞에서 "내가 남자 잘못 만나 삶이 망가졌다"고 실토했을 때, 나는 아무 토를 달 수 없었고, 배추흰나비 한 마리가 나풀거리며 날아간 그 봄날의 허공을 가만히 응시할 수밖에 없었다. 허공에서 물기가 만져졌고, 곧 흘러 떨어질 것 같았다. 어머니 말에 토를 달 수 없었던 것은 어머니 말이 전적으로 맞아서 그러기도 했지만, 한 인간이 늘그막에 이르러 평생을 같이한 배우자에 대해 지금껏 억눌러 왔던 분노와 원망에 가까운 실망과 억울한 감정을 함께 드러냈을 때, 내가 할 수 있는 게 아무것도 없어서 또 그러했다. 나는 어머니를 위로하지 못했다. 위로할 길이 없었다. 위로할 말이 없었다. 연애해서 만난 것도 아니고, 부모가 맺어준 낯모르는 사람과 결혼해 애 낳고 애 기르고 산 내 부모 세대를, 그 세대들이 겪어야 했던 고달팠던 삶에 대해 나는 안다고 감히 말 못 하겠다. 머리로 헤아린다 한들 머릿속에서 겉돌 뿐이다. 어머니가 감당했어야 할 삶의 무게는 보잘것없는 내 언어의 하중으로는 감당이 안 된다. 어머니를 생각하면, 어머니가 살아낸 삶을 생각하면, 오래 생각할 수 없다. 내 어머니의 삶이 어머니 세대의 다른 어머니들의 삶보다 더, 아니면 덜 신산해서 그렇게 말하는 것은 아니다. 그 행불행의 양과 질은 잴 수 없는 것이기도 하거니와 이렇게 글로 어머니에 대해 쓴다는 게 구차하지는 않아도 사치스러운 짓거리가 아닌가, 그런 우려 때문에 또 그렇다. 내가 비록 어머니 몸에서 나왔다 한들, 나는 어머니가 아니고, 어머니 역시 내가 아니니, 나 아닌 사람의 삶을 말한다는 게 어디까지 가능하고,

그 가능성의 절심함을 어디까지 긍정할지도 여전히 의문이다. 내 윗세대의 삶은 내 상상의 체중을 능가한다. 어머니가 바람이 지나가듯 "옛날 사람들 불쌍해."라고 말할 때, 나는 그들 세대에 태어나지 않은 것에 안도의 한숨을 내쉬며 감사할 따름이다. 그들은 우리와 다른 사람이 아니지만 우리와는 너무나 다르게 살았던 다른 사람들이다.

　사람의 목소리에는 인간이 들어 있다. 목소리가 다르면 몸이 달랐고, 몸이 다르면 목소리가 달랐다. 목소리 때문에, 어떤 듣기 싫은 목소리 때문에, 그 앙칼지고 메마르고 거칠고 반질반질 닳아빠진 목소리들 때문에 순식간에 적의가 불타올라 살의를 느꼈던 적이 내 삶에서는 한두 번이 아니었다. 목소리는 얼굴에서 나오지만 그 뿌리는 인간 전체에 닿아 있었다. 그 사람 목소리에는 그 사람이 들어 있었고, 어떤 목소리는 인간을 죽게도 다시 살게도 만드는 힘이 있었다. 가장할 수는 있어도 목소리를 성형할 수는 없었다.

　어머니는 늘 차분한 목소리로 말했다. 삶이 싫어지다가도 그 목소리를 들으면 다시 살고 싶어졌다. 이제까지와는 다르게, 지금부터 삶을 새롭게 다시 선보이고 싶어졌다. 어머니는 대부분 평온해 보였다. 어머니의 목소리는 그 평온함을 그대로 전해 주었다. 하지만 어머니의 온화한 성품 뒤편에 면도날 같은 성품이 자리하고 있었다. 어머니 속에서 무슨 일이 벌어지고 있는지 일일이 내색하지 않았으니 그 속을 아는 사람은 어머니밖에 없었다. 어머니도 이따금 화를 내셨고, 머리에 손을 올리는 날들이 적지 않았다. 아버지나 자식 일 때문에 심사가 몹시 불편할 때조차 어머니 목소리는 안쓰러움을 동반했고, 자식을 나무라고 꾸짖을 때도 안타까움이 목소리에 묻어서 먼 곳에서 낮게 깔려나왔다. 어머니의 목소리에는 일말의 삿된 기운도 섞여 있지 않았다. 늘 뭔가 불만에 차 있고, 짜증 섞이고, 울분에 둘둘 말린 듯한 아버지의 목소리와는 처음부터 격이 달랐고, 세계의 차원이 달랐다. 나는 목소리만 듣고도 우리 집이 천국인지, 지옥이 곁에 와 머무는지 알 수 있었다.

어머니는 스물둘에 시집와, 스물일곱에 형을 낳았다. 삼 년 뒤에 내가 태어났고 다시 삼 년 뒤에 남동생이 태어났다. 할아버지가 장남이었고 아버지도 장남이었던 집안에서 여러 해가 가도록 어머니가 애를 못 낳자 말이 없을 리 없었다. 할아버지는 "아버지가 새 여자를 들여야 한다."고 했고, "더 기다려보지도 않고 무슨 그런 소리를 함부로 하느냐."며 할아버지를 야단치고 손주 며느리를 방어해준 분은 노할머니(증조모)였다. 노할머니의 말년은 어둠 속에서 흘리는 눈물이었다. 나이 들어 눈이 침침해지자 마을 인근에 있던 한의사한테 침을 맞고, 한쪽 시력뿐 아니라 나머지 시력까지 모두 잃고, 암흑이 되고 말았다. 내가 태어나 기억이라는 것을 할 수 있는 거의 최초의 기억에 해당하는 곳에 노할머니 등에 업혀 있던 그 먼 옛날의 어린 새 같던 내 모습과 눈이 안 보이게 되자 방안에서 우시던 노할머니에 대한 금쪽같은 기억이다. 그녀는 인생 말년 십여 년을 안방 아랫목에 누워 계시다 내가 초등학교 6학년이 되던 해 세상을 떴다. 그 겨울 꼭두새벽부터 심상치 않은 소리에 일찍 깬 내 귀에는 이 지상에서 마지막 숨을 몰아쉬던 그녀의 숨넘어가던 소리가 가득했다. 채 날이 밝기도 전, 무섭고도 깜깜한 그 겨울 밤길을, 더 깜깜하고 무서운 소나무숲 사이를 달려 '노할머니의 죽음'을 전하며 마을길을 뛰어다녀야 했다. 노할머니의 어두운 말년은 내 몸에 붙어 있는 그림자처럼 내 삶 깊은 곳에 머물렀으며, 이따금 그녀가 생각나기라도 하면, 나는 그녀의 그림자 속으로 들어가 다른 내가 되었다. 과거는 지나갔지만, 그냥 지나가지 않았고, 언제든 다시 솟구쳤다.

1963년에 태어난 나는 증조모와 조부모, 어머니와 아버지, 형과 손아래 남동생 그렇게 대가족을 이뤄 강릉 시내에서 북쪽으로 삼십 리 들어간 사천진 바닷가 교산(蛟山)에서 살았다. 해변으로

부터 오백 미터쯤 떨어진 야트막한 언덕 위 집까지 동해 파도소리가 수시로 밀려왔고, 바람이 센 날이면 더 크고 또렷하게 베개 밑까지 밀려와 내 잠 속으로 파묻히곤 했다. 그러던 한 날, 평소보다 일찍 잠에서 깬 나는 뭔가 이상한 낌새를 채고, "엄마, 어딨어요?"라고 조모에게 물었고, 돌아온 답변은 기억나지 않는다. 아버지가 한전에 취직해 임지로 먼저 떠나 있었고, 어머니가 아버지와 합류하기 위해 세 살배기 남동생을 데리고 떠난 그 아침, 그 어린 마음에도 곁에 있던 소중한 무언가 사라진 걸 알고, 부리나케 집 앞 길을 뛰쳐 내려갔으나 아무도 없는 벌판만이 내 앞에 펼쳐져 있었다. 그 상실의 벌판 앞에 홀로 서 있던 그날의 내 모습은 지워지지 않는, 내 인생의 결정적인 한순간이다. 엄마는 새벽에 떠났고 나는 할머니 집에 돌처럼 남았다. 내가 여섯 살 때였다. 그날 이후 내 곁엔 어머니 대신 할머니가 계셨다. 어머니가 보고 싶어 가끔 울었는지 울지 않았는지는 이상하리만치 기억에 남아 있지 않다. 할머니 품이 따스해 잊고 살았던 것도 같다. 이 착하디착한 순둥이 조모는 십여 년 전 세상을 떠나는 날까지 손톱만큼도 남해할 줄 모르는 선인이었다. 천성이 욕심을 모르는 사람이었다. 어머니 말에 의하면 조모는 조금도 어머니를 구박하거나 부려먹을 줄 몰랐단다. 훗날 강릉 시내서 어머니와 함께 살기 전, 그러니

까 내 초등학교 시절엔 할머니가 나의 어머니였던 셈이다. 조부
모는 내 생활에 일절 간섭하지 않았고, 조모는 '내 손에 살이 끼었
다' 며 '어디 가서 싸우지 말라' 는 말만 누누이 당부하셨다. 나는
어머니 계시지 않는 고향에서 동해와 사귀었고 들판과 친구했다.
어떤 바람 센 날 동해는 흰 파도를 쉴 새 없이 해안으로 보내고 있
었고, 나는 그걸 또 쉴 새 없이 내 눈에 담아 내 가슴으로 보내곤
했다. 파도는 장난감이 아니었지만 장난감보다 더 가까이에 있었
고, 어머니 품보다 가까이 있었다.

　술 담배가 심했던 아버지가 마흔 무렵, 하루아침에 술 담배를
끊었다. 아버지는 하루아침에 절단 내는 인간이었다. 그런 면에
서는 절대 강자였다. 담배 끊은 인간과는 상종도 말라는 말이 무
색하게시리 아버지는 하루아침에 담배를 끊어버린 것이다. 삼 년
터울인 우리 형제들이 상급 학교로 진학할 때가 다가오자 가족의
장래를 위해 아버지가 마음을 고쳐먹고 술 담배를 끊은 걸로 나는
지금껏 알고 있었으나 그것은 순전히 나의 착각과 오해였고, 있지
도 않은 만들어진 기억이었다. 아버지는 단지 자신의 건강을 위
해 술 담배를 끊었을 뿐이라는 사실을 최근에야 어머니를 통해 알
수 있었다. 형이 고등학교에 들어가고 내가 중학교에 들어갔던
1976년, 형을 뒷바라지하기 위해 어머니는 아버지와 떨어져 강릉

시내에 셋방을 구했다. 셋방 주인은 극악하게 인색했고, 셋방살이의 서러움이 어머니를 못 견디게 했다. 어머니에게 내 집이 있어야 했다. 그해 가을 어머니가 그토록 고대하던 집을 샀다. 나는 그 이듬해 다니던 시골 중학교를 떠나 강릉 시내에 있는 중학교로 옮기면서 1968년 이후 우리는 다시 함께 살게 되었다. 강릉에 집을 사게 된 것은 순전히 어머니의 노력과 집념과 결단 덕이었다. 모아뒀던 일부 현금과 부족한 돈은 외가 누나가 대신 적금을 들어주고 대출 받아 산 거였다. 그 당시 우리들 식탁에는 늘 두부 한모가 들어간 찌개와 몇 가지 반찬이 전부였다. 빚지고는 못 사는 어머니 성미에 하루빨리 빚을 갚기 위해 악착같이 절약하면서 산 까닭이었다. 아우가 그렇게도 갖고 싶었던 연필깎이를 사달라고 조르자 "연필 갖고 와라. 내가 다 깎아주마." 했던 어머니다. 어머니가 속옷을 기워 입는다는 말을 형으로부터 들었을 땐, 뇌 안이 잠시 멍했었다. 어머니는 검소했지만 인색하지는 않았다. 그렇게 아끼고 살면서도 연말이면 신문 배달하는 소년에게 털장갑을 안겼다. 우리 오 남매가 대학물 먹게 된 건 아버지 덕도 컸으나 허영심이라곤 모르는 절제와 절약이 몸에 밴 어머니의 덕이 훨씬 컸다.

나는 커가면서 어머니를 아주 조금 기쁘게 했고, 몇 번은 어머니 속을 발칵 뒤집어 놓았다. 병이 날 정도로 어머니 속을 썩인 건 아니나 나로 인해 때때로 어머니는 실망했고 낙망했다. 내 속엔 솔직히 나도 어쩌지 못하는 악동이 산다. 어제 오늘의 일이 아니다. 그때 내가 왜 그랬을까, 그 시절 내가 어떻게 그렇게 살 생각을 했을까 싶지만 그것 모두 나와 내가 어쩌지 못하는 내가 합세해 저지른 일이니 변명의 여지가 없다. 내가 대학에서 성적 미달로 학사 제적당했다는 소식을 뒤늦게 알고는 탄식에 가까운 소리를 겨우 입술에 두어 마디 올리시더니 어머니는 너무도 어두운 얼굴이 되어 방으로 들어가시고 말았다. 그때 어머니 속이 어땠는지 알 길이 없었지만, 나는 알려고 하지도 않았다. 대놓고 나무라지는 않았으나 어머니는 울음을 세고 계셨을 것이다. 그 후 내가 처음 들어간 직장에서 도망쳤다는 소식을 듣고 받았을 어머니의 충격과 상심을 나는 당시 전혀 헤아리지도 못했고, 헤아릴 줄도 모르는 그런 인간이었다. 내가 어머니를 위해 사는 건 아니지만, 그 시절 나는 나를 위해 살지도 못 했다. 그 시절을 생각하면 지금도 내 가슴은 돌 가슴이 된다. 나는 어머니를 기쁘게 해드리기는커녕 내 앞가림조차 할 수 없었던, 대체 내가 삶을 살아낼 능력이 있기나 한 건지 의심과 회의와 막막함 속에 하루나 이틀을 겨우 견뎠다. 어머니는 그런 나를 자주 염려했다. "다른 애들은 걱정이 안 되는데, 난 늘 네가 걱정이야."

나는 스무 살이 되기 전까지 문학 같은 거 거들떠보지도 않은 인간이었고, 내가 시를 쓰게 되리라곤 꿈에서도 생각하지 않았다. 어머니 역시 내가 글 쓰는 인간이 되리라곤 상상조차 못했을 것이다. 이 땅의 시 쓰는 시인들 어머니 대부분이 자식이 시를 쓴다고 하면, 열에 아홉은 "그런 걸 써서 뭐 하려고." 그러지 않았을까. 그럼에도 내가 지방신문 신춘문예와 문예지 신인문학상에 당선되었을 땐, 기뻐하셨다. 어머니가 한글을 읽는 데는 문제가 없으나 쓰기는 아직도 받침이 제자리를 못 찾고 왔다 갔다 하는 정도다. 어머니가 내 시를 한 줄이라도 읽었는지 읽지 않았는지 몇 번 물어볼까 하다 그만 뒀다. 외할아버지가 글하는 선비였다니 내 문학하는 피는 외가에서 왔다. 그런 반면 내 돌발적이고 욱하고 분노 조절이 잘 안 되는 내 성격의 일단은 아버지 가계의 피라고 생각한다. 어머니의 기질과 체질이 내 성격의 일단이 되었음을 부정하기는 어렵다. 그러나 내 속에는 어머니의 피만 흐르는게 아니라 아버지의 피도 유구하게 흐른다. 무섭게 흐른다. 내 피속에는 부계의 피와 모계의 피가 첨예하게 대립하고 상존한다. 어떨 땐 이 두 피의 소용돌이 속에 내 일상생활이 마비될 정도로 정신과 육체는 혹독한 괴로움을 당한다. 이 두 피의 힘겨루기로 인해 나는 종종 나를 감당할 수 없고, 내가 나를 견딜 수 없는 상태가 되고 만다. 어머니가 가끔 그러신다. "다른 형제들은 엄마 피 닮았는데, 둘째 너하고 막내는 아버지 피 닮았어."

내가 서른이 되던 해, 서울서 밥을 벌기 시작했다. 휴가나 명절 때, 강릉 집에 들르면 어머니는 "니 왜 결혼 안 하나. 여자 얼굴 뜯어먹고 살려고 그러나. 수수하면 되지." 그러셨고, 나는 대개 그냥 씩 웃어넘기고 말았다. 어머니는 그 이전부터도 가끔 "여자는 수수하면 돼." 그러셨고, 나는 그 '수수하다'는 말에 끌렸고, 생각보다 그 말은 오래 남았다. 어머니의 영향을 받았는지 나는 수수한 여자를 좋아했고, 수수한 여자와 살게 되었고, 지금도 수수한 여자를 좋아한다. 1997년 내가 결혼하고 이듬해 딸이 태어났을 때, 어머니가 자청해서 봄부터 여름까지 딸아이를 키웠다. 거기까지였으면 좋았을걸, 그 다음해 슬픔이 집안을 덮쳤다. 형수가 다섯 살배기 조카를 남겨두고 세상을 뜨자 조카를 믿고 맡길 사람이 마땅치 않았던 형은 할 수 없이 강릉에 계시던 어머니를 서울로 불렀다. 맏며느리로 살아야 했던 어머니가 감당해야 할 경조사의 몫만 해도 이만저만이 아니었을 텐데, 맏며느리였던 형수가 일찍 세상을 뜨자 그 짐을 또 고스란히 떠안았다. 2007년 형이 재혼할 때까지 조카를 키웠다. 젊은 사람도 애 키우면 기진맥진하는 세상인데, 어머니 나이 예순 중반부터 일흔 중반까지 육아를 담당케 했으니 노인 학대가 따로 있지 않았다. 인정하기 싫어도 웬만한 한국 남자들에게 어머니는 '신적 존재' 며 '봉' 과 같다. 말이 '신적 존재' 고 '봉' 이지 어머니를 부려먹어도 너무 부려먹는다. 우리는 죄인들이다. 그러던 어머니 몸에 신호가 왔다. 대장암이었다. 병원에서 형수를 잃은 형이 그 분야 명의를 물색해 수술을 맡겼고, 수술은 잘됐고, 십여 년이 지난 지금 잘 지내신다. 병의 예후도 좋고, 몸 관리도 잘하신다. 몇 년 전 노인네들끼리 광릉 수목원을 다녀와선 감회가 새롭던지 "내가 살아서 이 좋은 봄을 다 보는구나." 그러실 땐 내 감정에도 물기가 촉촉했다.

어머니는 늘 뒤에 서 계셨다. 나는 지금도 강릉 집에 들렀다 나올 때면 뒤를 돌아보지 않는다. 어머니가 서 계시기 때문이다. 군 입대할 때도, 휴가 나왔다 귀대하러 집을 나설 때도 나는 뒤를 돌아보지 않았다. 뒤를 돌아보지 마라. 어머니가 서 계신다. 그렇게 주문을 걸듯 뒤돌아보지 않고 내빼기라도 하듯 곧장 마을을 벗어나곤 했다. 뒤돌아보며 "어머니 그만 들어가세요." 한마디 하면 좋으련만, 나는 그러지 못했다. 그런 내게 작지만 변화가 생겼다. 최근 강릉 집에 들렀다 나올 때, 여든이 넘으신 어머니가 역시 뒤따라 나오셨다. 나는 여전히 뒤를 돌아보지 않았지만, 내 입에서

"어머니, 나오시지 마세요"란 말이 나왔다. 내 나이가 쉰이 넘었으니 그 말을 하는 데 오십 년이 걸린 셈이다.

영의 동쪽은 동해. 영의 서쪽은 첩첩 산. 동해에서 불어온 대기가 산맥에 막혀 엄청난 눈구름을 생성했고, 그 눈구름은 고스란히 폭설로 변해 내가 살던 강릉을 종종 설국으로 만들었다. 겨울밤 아름드리 청솔들이 적설의 무게를 견디지 못하고 부러지며 자주 허공을 찢었던 나라에서 동해의 푸른 피, 설국의 하얀 피, 청솔의 초록 피와 함께 나는 자랐다. 내 인생은 산맥의 동쪽과 서쪽으로 나뉜다. 스무 살이 되기 전까지는 산맥의 동쪽에서 살았고, 스무 살이 넘어서는 두서너 해를 빼놓고는 산맥의 서쪽에서 살았다. 지금도 이 나라의 서쪽에서 살고 있다. 어머니는 강릉 사람이다. 강릉에서 나고 자랐고, 내 딸아이와 조카 육아 때문에 수도권과 서울서 십여 년 생활한 것을 제외하면 아버지 직장이 있던 동해안과 영동 산간에서 주로 지냈다. 그녀의 삶 역시 대부분 백두대간의 동쪽에 한한다. 내가 영을 넘는다는 것은 백두대간 중 대관령을 넘는다는 말이 되고, 그것은 내가 강릉으로 간다는 말과 다르지 않다. 내가 영을 넘어간다는 것은 동해로 간다는 말이 되고, 그것은 어머니 뵈러 간다는 말과 다르지 않다. 나는 젊은 날 낯설고도 설레는 마음으로 대관령을 넘어 이 나라의 서쪽으로 갔다. 이

나라의 서쪽으로 갈 때 나는 내가 나고 자란 강릉을 의도적으로 내 삶에서 밀쳐놓으려 했고, 어서 빨리 떼어 놓으려 했다. 왜 그랬을까. 아버지 때문이었을까. 나는 이제 반대로 영을 넘어 동쪽으로 갈 때, 경원시하며 강릉을 떠나던 젊은 날과 달리 낯설고도 설레는 마음으로 그곳으로 향한다. 영을 넘어가기 전에 어머니에게 전화라도 넣으면 "둘째냐, 웬일로 전화까지 다 하고?" 반가워하신다. 방금까지 곁에 있던 애가 온다 간다는 말도 없이 후딱 사라지곤 했던 내 젊은 날에 대한 기억을 어머니는 여전히 잊지 못하고 계실 거다. "이늠의 아야, 죽었는지 살았는지 연락 좀 하고 다녀라." 그러셨던 게 한두 번이 아니었다. 대관령을 넘어가면 어머니 육신이 먼저 보인다. 슬프도록 말라가는 어머니. 가벼워지는 어머니. 내가 설거지라도 하겠다고 나서면 "니가 하는 게 내 맘에 들겠어."라며 기어이 당신이 하신다. 내가 영의 서쪽에서 소식도 없이 지내면 먼저 전화를 거신다. "어머님이 전화를 다 하시고" 그러면 "니가 안 하니 내가 한다."면서 "글은 잘 써지구, 소설을 써야 돈이 될 텐데." 그러면서 또 "니가 빛 보는 것 보고 내가 죽어야 할 텐데." 그러신다. 그럴 때 우리는 소리 없이 웃는다.

노모가 차린 밥상을 놓고 단둘이 밥을 먹을 때, 그때 막 번지기 시작한 노을이 저녁 창에 물들면 우리는 이 세상 사람이면서 이 세상 사람이 아닌 듯 앉아 밥을 먹는다. 젊은 날엔 어머니와 내가 할 말은 천상의 어느 선반에 고이 모셔두고 온 것같이 묵묵히 숟가락과 젓가락만이 오갔다면, 이제는 반찬만큼이나 말의 반찬을 간간이 섞으면서 서로 눈길이 오가고, 숟가락과 젓가락이 밥그릇이나 국그릇에 살짝 살짝 부딪치는 소리마저 마치 우리가 이승의 금쪽같은 시간 속에 들어와 있음을 알리는 듯하다. 뭘 더 바라겠는가. 늘 이 유일한 매순간이 우리 삶을 지나가고 있음에도 우리는 대개 알아차리지 못하거나 알아차린다 한들 찰나일 뿐이고, 또 언제 그랬냐는 듯 시간에 묻힌다. 어머니하고 같이 밥 먹을 수 없는 날이 오고 있다. 우리들 삶의 옆구리쯤에 벌써 와 있을 수도 있으며 이 저녁의 어깨 위에 사뿐히 착지하고 있을지도 모른다. 하지만 그걸 알면서도 또 까마득히 모른다는 듯 우리는 앉아 이 얘기 저 얘기 말을 꽃피우고 있다. 나의 아름다운 그녀는 이제 많이 늙으셨다. 그녀가 이 세상 밖으로 나가면, 지상에 남아 있는 내 가슴은 어떻게 하루하루를 감당할까. 그녀가 이 세상에서 저 세상으로 나가면, 내 가슴 한곳도 차마 어쩌지 못하고 떨어져 나가 세상 밖으로 따라 나갈 것만 같다. 한 명의 인간이기 전에 한 사람의 여자로, 한 사람의 여자이기 전에 '어머니'란 이름으로 은연중 희생을 강요당했던 그녀의 삶 앞에 무릎을 모으고, 존경을 바친다. 어머니가 지상에 계시지 않게 되었을 때, 그날이 왔을 때, 나는 이 지상을 어떻게 받아들이게 될지 솔직히 모른다. 나 역시 언젠가 이 지상을 떠나야 할 사람. 떠나기 전까지, 떠나는 날이 오기 전에 어머니를, 어머니의 천지를 조금 더 사랑해야 하리라. 삶을 좋아하고 아꼈던 사람들이 하나 둘 삶에서 멀어져 가듯이. 더 늦기 전에.

박
용
하

1989년 《강원일보》 신춘문예와 《문예중앙》으로 등단하였으며, 시집으로 『나무들은 폭포처럼 타오른다』, 『바다로 가는 서른세 번째 길』, 『영혼의 북쪽』, 『견자』, 『한 남자』, 산문집으로 『오빈리 일기』가 있다.

설원을 걸어간
어머니의 발자국

　　　　　　　어머니를 여의고 나서 시를 여러 편 썼다.
오래 앓다 돌아가신 것이 아니라 췌장암 판정을 받고 나서 4개월
만에 돌아가셔서 장례식도 경황없이 치렀다. 마침 2007년 설 연
휴 마지막 날에 돌아가셔서 병원 영안실 풍경도 차분하지 않았고
문상객도 상주도 얼굴 표정이 '당혹' 내지는 '당황' 이었다. 고향
에서 차례를 지내고 귀경길에 올랐다가 방향을 틀어 김천의료원
영안실에 '들른' 사람들이 대부분이었다. 신문 부고란이나 한국
시인협회 소식란에 부고를 내려다가 귀경길에 공연히 마음 쓰게
할 것 같아서 그만두었다. 지금도 김천화장터 풍경과 어머니의

하얀 뼈가 눈앞에 선연히 떠오른다.

화장터 화구 앞에 식구들이 둘러섰다
쇠침대가 나온다
관도 염포도 수의도 사라지고
얼굴도 가슴도 손도 발도
사라지고 없다 아, 몸이 없다

발굴된 미라 같지만 수천 년을 견딘 것이 아니다
한 시간 만에 남은 것이라곤
팔과 다리의 뼈, 골반뼈
제일 위쪽에 둥그렇게 놓여 있는
해골바가지로 남은 어머니 얼굴

손…… 파를 썰거나 고기를 다지거나
도마 칼질하는 소리에 잠에서 깨어났었는데
입…… 듣기 싫었던 꾸지람 소리
눈…… 돋보기 속에 담긴 눈웃음
맥주 반잔에 발개지던 양볼……

저 골반뼈 속에는 생애 내내 자궁이

그 자궁에 10개월은 내가 들어 있었을 터

화장터 인부가 빗자루를 들고

쇠로 만든 쓰레받기에 뼈 쓸어 담는다

빗자루 끝에서 먼지가 인다 어머니의 몸이

화구 안으로 들어갔다 나오니 어머니의 몸은 온데간데없고 쇠 침대 위에 하얀 해골, 사지의 뼈, 골반뼈 등이 펼쳐져 있었다. 이 뼈 또한 순식간에 기계로 분쇄가 되어 따끈한 유골함을 받아 안고 서 화장터를 떠났다. 죽음이란 것이 그랬다. 와병에서 죽음까지, 죽음에서 장례식까지 일사천리로 진행되었다. 나도 언젠가 죽을 것이고, 화장을 하든 수목장을 하든 사흘 만에 모든 장례 절차가 끝날 것이다.

우리 나이로 일흔일곱에 돌아가신 내 어머니는 1931년에 경북 상주읍 화산리에서 태어났다. 초등학교 6학년 때 전교 1등을 했 는데 전교 1등을 한 학생만 원서를 쓸 수 있다는 경성여자사범학 교에 지원, 합격하였다. 시골 태생의 소녀가 서울에서 중학교를 다니게 된 것이다. 어머니의 불행은 이 학교에 진학한 데서 시작된 것이 아닐까.

외할아버지의 초대 국회의원 출마와 낙선은 딸의 학업을 중단
케 했다. 4학년을 마칠 무렵이었다. 어머니는 3남 4녀 형제의 제
일 맏이였다. 집의 식구들이 굶어죽게 생겼는데 맏딸의 서울 유
학은 언감생심 과분한 대우였을지도 모른다. 하지만 어머니는 기
숙사에서 몇 날 며칠 울었다고 한다. 외할아버지는 딸이 경성사
범에 합격했을 때는 졸업 후 일본 유학을 보내주겠다고 약속했건
만 자신의 정치적 야심에 딸의 희생이 필요했던가 보았다. 근소
한 차로 낙선하자 주변에서 돈을 안 쓴 탓이라고 난리였다. 1948
년에 이어 1950년에 제2대 국회의원 선거가 실시되었다. 외할아
버지는 자의 반 타의 반으로 출마했는데 이번에는 낙승이었다.
그때가 1950년 5월 31일이었고 한 달도 채 되지 않아 6·25가 발
발했다. 순식간에 한강다리가 죄다 끊기고 인민군들이 서울을 점
령하자 하숙을 하고 있던 집은 은신처가 될 수 없었다.

"저 집에 국회의원이 한 사람 숨어 있습니다."

외할아버지는 단장의 미아리 고개를 철사 줄로 두 손 꽁꽁 묶
인 채로 뒤돌아보고 또 돌아보며 끌려갔다. 어머니에게는 매일
눈물만 흘리는 자신의 어머니(나의 외할머니)를 대신해 실질적인
가장 노릇을 해야 하는 일이 주어졌다. 여섯 동생의 학비도 학비

였지만 당장 여덟 명 가족 구성원의 끼니 때우기가 급선무였다. 매일 밭일을 했고, 돈을 꾸러 다녔다. 시험을 치러 준교사자격증을 따내어 교사 생활을 시작했지만 서울공대에 들어간 장남과 서울미대에 들어간 차남의 학비를 낼 수는 없었다. 아르바이트도할 수 없던 그 시절, 두 동생은 대학졸업장을 받지 못했다. 막내는 초등학교 졸업장을 받지 못했다. 모두 천추의 한을 가슴에 품고 살아가게 된 것이다.

처녀 시절의 어머니

선거운동을 자진해서 해주겠다고 많은 사람들이 나섰었는데 외할아버지 납북 소식이 전해지자 모두들 돈을 빌려주었다느니, 선거운동원으로 고용되어 일했다느니 하면서 채권자가 되어 몰려들었다. 과수원 하나와 조금 있던 논과 밭을 일거에 빼앗겼다. 채권자들은 집의 가재도구까지 몽땅 빼앗아갔다. 전쟁을 겪더니 세상 사람들의 인심이 하루아침에 이렇게 흉흉해진 것이다.

어머니는 열아홉 살 때부터 교사 생활을 시작하여 11년을 하였다. 서울의 미동초등학교 교사를 할 때 6학년 담임을 했다. 어머니는 자신의 일대기를 200자 원고지 500장 정도로 정리하여 '설원을 걸어온 나의 발자국'이라는 제목을 붙였다. 아래는 그 일부.

내 반에서 경기여중에 지원한 아이가 여섯 명이었는데 여섯 명 전원이 합격을 한 것이다. 미동초등학교 역사상 경기여중에 지원자 전원이 합격한 것은 처음이라고 하였다. 다른 아이들도 지원한 학교에 아주 많이 합격하였다. 교장선생님은 아주 기뻐하시고 참으로 수고했다며 나에게 악수를 청해 오셨다. 감격스러웠다. 참으로 기뻤다. 열심히 한 보람이 있었다.

이 무렵 아버지는 시골 지서 주임이었다. 경찰관이라는 직업이 마음에 안 들었지만 열정을 다해 구애를 해 와서 어머니는 결혼하기로 마음을 먹는다. 회고록 가운데 제13절 '남편과의 만남'을 어머니는 이렇게 썼다.

청리초등학교에 근무하고 있을 때 하루는 지서 주임께서 인사를 하러 오셨으니 교직원은 모두 모이라는 전갈이 왔다. 선생님들은 모두 모였다. 직원들은 모두 이십 명 남짓하였고 그중 여선생님은 일곱 명이었다. 시골 학교치고는 약간 큰 학교였던 셈이다. 쭉 서서 인사 말씀을 들었다.

지서 주임은 나이가 스물대여섯 되어 보이는 미남 청년이었다. 약간 수줍어하는 듯하였고, 말을 별로 잘하지 못하였다. 인상은 좋은 편이었다. 키가 크고 잘생겼으며 목소리가 아주 굵고 부드러웠다. 과단성이 좀 없어 보였다. 경찰관으로 어울리지 않는다는 인상이었다. 그런데 이 사람이 훗날 나와 결혼을 하게 되다니. 사람의 운명이란, 인연이란 참으로 이상한 것이다. 나는 상주 사람이고 그는 대구 사람인데 청리에서 만나 결혼을 하고 한평생을 함께 살게 되다니. 정말 기이한 인연이었다.

그는 나의 이상형이 아니었다. 경찰관이라는 그의 직업은 내가 무척 싫어하는 것이었다. 내 마음을 끄는 것이라곤 아무것도 없었다. 단지 사람이 진실해 보여서 약간 호감이 가는 것뿐이었다. 그런데 그 사람은 나란히 서 있는 일곱 명의 여 선생 가운데 나 한 사람이 번쩍 눈에 띄면서 바로 저 사람이 나의 배필이라는 느낌을 받았다는 것이었다. 첫눈에 이미 결정을 해버렸다는 것이었다. 그날 이후로 2년 동안 그는 끊임없이 구애하고 구혼하여 왔다.

경찰관의 구애를 교사가 받아들여 결혼했건만 살림은 좀처럼 피어나질 않았다. 아버지는 계속 벽지로 전근을 다녔고 형 동하와 나 승하, 여동생 선영이가 차례로 태어났다. 형은 대구에서, 나는 의성군 안계면에서, 동생은 영천에서 태어났다. 아버지가 김천경찰서 정보과에서 경위로 근무할 때 어머니가 용단을 내렸다. 김천초등학교 앞 문방구점을 인수해 문을 연 것이다. 문방구점이 잘되자 중앙초등학교 앞에다 살림집과 가게가 아래위로 있는 내 집, 내 가게를 마련하였다. 가게를 하다 보니 남자의 손이 필요할 때가 있는 법인데, 또 타지로 전근 명령이 내려오자 아버지는 그만 그 길로 사표를 내고 만다.

이후 아버지는 만년 실업자로 살아가면서 세상에 대한 환멸감으로부터 헤어나지 못하시는 것 같았다. 술을 드시든 안 드시든 간에 가족에게 자신의 출세 못함, 무능함, 장사수완 없음 등에 대해 분노를 터뜨렸다. 집안 분위기는 늘 살얼음판이었고, 때로는 가재도구를 부수는 바람에 그것의 일부를 버리는 일도 발생하였다. 대구에 계신 할머니는 장남의 불뚝성을 가라앉혀 달라고 매일 밤 장독대 앞에다 냉수를 떠다놓고 빌었다.

어머니는 학교 앞 가게를 해나가면서 수시로 대구에 가서 장남의 학교 성적을 체크하였다. 형은 초등학교에 입학하기 전에 한글을 스스로 깨치고 한자까지 줄줄 읽자 신동의 탄생으로 여긴 부모님은 좋은 중학교 입학을 목적으로(당시엔 중학교, 고등학교 모두 입시가 있었다) 초등학교 입학부터 대구에 계신 할머니 밑으로 보내 중학교 입시를 준비하게 했다. 형은 문제 한두 개를 더 틀려 경북중학교 입학에 실패하고 대구중학교에 갔지만 열심히 공부하여 경북고등학교에 입학했다.

경북고등학교 때도 공부를 뛰어나게 잘했는데 대학입시 원서를 쓸 때가 되었다. 형은 카뮈와 니체의 전집을 읽고 있었고 사르트르의 사상에 심취해 있었다. 본인은 그 영향으로 철학과를 가고 싶어했는데 성적이 잘 나온 탓(?)에 법학과를 지망하게 되었다. 부모님, 친척 분들, 학교 선생님들 모두 철학과 지원을 결사적으로 반대했고 그 성적이면 법학과가 가능할 것 같다고 하자 형은 일단 지원을 했다. 무난히 합격했고 2학년 때 사법고시 1차 시험에 합격했다. 1차 시험에 합격하면 2차 시험을 세 번인가 칠 수가 있었기에 3학년 때 다시 1차 시험을 쳤는데 또 합격을 했다. 부모님은 고생하며 키운 장남이 빠르면 재학 중 사법고시에 합격을 할 수 있겠다는 희망에 한껏 부풀었고 아버지의 얼굴에 간혹 웃음꽃이 피기도 했다.

그런데 형은 법조인에의 꿈을 3학년 즈음에 버리고 문학도의 길을 걸어가고자 단단히 결심을 하고 있었다. 이 돌발 사태를 접한 아버지는 거의 매일 이성을 잃고 광분하였다. 두들겨 패고 싶은 큰아들은 서울에 있으니 때릴 수가 없었고, 공부 안 하는 작은아들과 말대답 꼬박꼬박 하는 막내딸과 잔소리 심한 아내가 교대로 아버지의 분풀이 대상이 되었다.

어머니는 일제 강점기 하에 '황국신민'으로 만드는 교육을 받아서 그런지, 교사 생활을 10년 넘게 해서 그런지는 모르겠지만 말을 청산유수로 잘하셨다. 평소에도 경성여자사범학교 출신이라는 자부심이 대단했다. 두 분이 말다툼을 하면 아버지는 어머니에게 초장에 KO패를 당했다. 그리고 집안의 경제권을 어머니가 쥐고 있으므로 친구들과 술 한잔을 해도 아버지는 어머니에게 용돈을 타서 써야 했다. 이 모든 것들이 자존심이 엄청나게 상하는 일이었다. 게다가 아버지는 경찰관을 20년 동안이나 했었기 때문에 범죄인을 다루는 식으로 식구를 다루어 어머니가 고충이 많았다. 아버지는 성격이 급했고 신경질이 좀 심했다. 만년 실업자로 살아가면서 더욱 크게 형성된 자격지심을 어머니가 좀 다독여 드렸으면 좋았을 것을, 자상한 의논 상대가 되어주지는 않고 수시로 불뚝성을 부리니 충돌이 잦았다. 어머니에게는 남편이 돈도 못 벌어 올 뿐만 아니라 자식의 양육과 교육, 시어머니 부양 등 집안의 여러 가지 문제에 대해 상의를 하고 결정을 지어야 하는데 남편이 결코 좋은 의논 상대가 아니었다. 많이 답답하고 서운했을 것이다.

폭력과 광기의 나날이 이어지자 나는 고등학교를 도저히 다닐 수 없어 2개월만 다니고는 서울로 가출을 했다. 집을 나가면서 써놓은 장문의 편지 겉봉에 '유서'라고 썼으니, 어머니가 눈물로 세월을 보낸 것은 당연한 일이었다. 독서실비 한 달 치를 끊고 매일 매식을 하니 훔쳐 갖고 온 돈이 열흘 만에 떨어졌다.

형의 하숙집에 전화를 했더니 일단 오라고 하면서 오는 방법을 가르쳐주었다. 형의 하숙집에서 저녁밥 한 끼를 얻어먹고 잠자리에 들었는데 꼭두새벽에 방문이 왈칵 열렸다. 아버지에게 멱살을 잡혀 서울역으로 끌려갔다. 기차에 오르니 아버지가 이렇게 외치며 신문 한 장을 품에서 꺼내 던져주었다.

"야 이 자식아, 네 엄마가 눈물로 세월을 보내고 있다. 편지봉투에다가 '유서'라고 써놨으니 자살한 줄 알고는 네 시체라도 찾아오라고 하도 성화를 내서 내가 신문사에 안 찾아갔더냐."

중학교 졸업 앨범에서 오려낸 내 사진이 신문 하단 심인광고

난에 실려 있는 것이 아닌가. 만 15세의 나이에 신문에 얼굴이 났으니 이를 두고 영국의 낭만파 시인 바이런처럼 '자고 나니 유명해졌다'고 해야 할지. 귀가하니 어머니는 나를 껴안고 대성통곡을 했다. 누이동생도 부엌에서 뭘 하다가 뛰어나오더니 "오빠야~" 하고는 눈물로 맞아주었다.

가출의 소득은 전무하였다. 아버지는 줄기차게 형에게 사법고시 준비를 종용하고 있었고, 형은 문학으로 진로를 바꾸겠다고 팽팽하게 대립하고 있었다. 아버지의 광기가 별로 수그러들지 않고 있음을 보고는 또다시 보따리를 쌌다. 다음 번 가출 장소는 부산이었다. 독서실에서 맹장이 터지는 바람에 죽는 줄 알고는 집으로 철수, 이번 가출은 실패로 돌아갔다. 대구 할머니 댁에 1년을, 춘천 고모님 댁에 8개월을 가 있기도 했다.

어머니는 남편의 폭력과 광기에, 장남의 진로 변경에, 차남의 가출과 자살 기도 소동에 정신을 차릴 수 없었을 것이다. 하지만 매일 가게 문을 열고 아이 손님들을 맞이하였다.

나는 순전히 운이 좋아 고등학교를 중퇴한 그해에 대구지구와 대전지구의 고졸학력 검정고시에 전 과목 합격을 했다. 중학교 때 고입 준비를 착실히 한 덕을 본 것 같았다. 몇 개월 차로 최연소 합격 자리를 빼앗겼는데 그 애는 지방 신문에도 났다.

나의 방황은 검정고시 합격 이후에도 계속되었다. 형이 만약 다시 고시공부에 전념하여 시험에 합격했더라면 아버지의 광기가 수그러들었을 것이고 나의 방황도 끝났을 것이다. 반대로, 날이 갈수록 아버지의 절망감이 심화되어 가고 있었으므로 나의 방황도 멈춰지지 않았다. 내가 방황의 나날을 이어가고 있었으므로 어머니는 내심 피를 철철 흘리며 살아갔을 것이다. 나는 1976년 말에 경북대학교에, 1977년 말에 경희대학교에 응시해 떨어졌다. 1978년 말에 중앙대학교 문예창작학과에 지원한 것은 오로지 어머니 덕분이었다.

"네가 처음 집 나갈 때 써놓고 간 그 편지 있지, 유서라고 써놓은 그 편지 말이다."

"아이고, 그 편지 아직도 갖고 있어예?"

"그 편지 참 감동적으로 잘 썼더라. 네 중학교 때 국어선생님도 우리 집에 찾아와 네게 문학을 하라고 한 것도 기억나고. 내가 『진학』 잡지를 살펴봤더니 중앙대학교에 문예창작과란 데가 있더라. 형은 학문을 하겠다고 하니 너는 시나 소설이나 글을 쓰면 안 되겠니?"

나는 그 당시까지도 서라벌예술대학에 문창과라는 곳이 있다고 알고 있었다. 중앙대학이 서라벌예술대를 인수·합병한 것을 까맣게 모르고 있었는데 어머니가 알아내어 그곳에 원서를 넣게 끔 조언해준 것이다. 마침 본고사가 국어와 영어 두 과목에 백일 장처럼 제목을 주고 운문이나 산문을 쓰는 것을 합쳐 세 과목인지 라 나는 큰 어려움 없이 합격할 수 있었다. 수학이 있었다면 중앙 대학에 합격하지 못했을 것이다.

어머니는 내가 대학에 들어가고도 불면증으로 다년간 고생하 는 것을 보며 많이 안타까워했을 것이다. 딸자식이 한평생 병원 신세를 지게 된 운명에 봉착하자 또 얼마나 절망했을 것인가.

어머니는 정확히 30년 동안 문방구점을 하셨다. 가장이 있음에 도 당신이 가장 역할을 했으니 이중의 어려움을 겪었을 것이다. 어머니 사후에 아버지는 어머니가 자기에게 준 편지가 있다면서 내게 보여주었다.

당신에게 편지를 쓰려니 쑥스럽지만 신부님의 부탁이니 적어 보려 합니다.

편지를 쓰려니 옛날 내가 서울의 미동초등학교에 근무할 당 시 당신에게서 거의 매일 받았던 편지 생각이 납니다. 그때 당신은 매일같이 편지를 보내고 시도 적어 보내고 하면서 결혼해달라고 졸랐지요. 동료 교사들한테서 놀림을 많이 받았던 생각이 납니다.

결혼할 처지도 못 되었고 아무런 준비도 없었던 내가 당신의 끈질긴 구애와 진실성에 마음이 움직여서 결혼을 승낙했지요. 추운 겨울 12월 27일, 방학을 이용해서 상주의 초라한 예식장에서 결혼식을 올리고 50년의 세월이 주마등처럼 흘러갔습니다.

가난했던 내가 가난한 당신과 결혼해서 고생 참 많이 했지요. 세 아이를 낳아 키우며 공부시키기에 얼마나 많은 고초를 겪었는지 되돌아보면 참으로 가슴이 아프지만 그래도 동하, 승하가 교수가 되었으니 그것으로 위안을 삼아야겠지요.

당신과 나는 성격이 맞지 않아 젊은 시절에는 많이 다투기도 했지만 부부싸움은 칼로 물 베기란 말이 있듯이 금세 풀리곤 해서 그럭저럭 살아왔지요.

돌이켜보면 당신이 내 속을 많이 아프게 했다고 할 수 있어요. 장사가 당신 취미에 맞지 않아서 문방구 할 때 가장 많이 싸운 것 같아요. 세월은 잘도 흘러가 어느새 50년이 지났군요. 3남매 서울 유학을 시킬 때 우리는 얼마나 절약하고 열심히 일했던가요. 가장 먼저 가게 문을 열고 가장 늦게 닫으며 휴일도 없이 오직 자식 뒷바라지 잘하기 위해 살아온 세월을 새삼 돌아보게 되네요.

제가 몸이 약해서 당신을 힘들게 한 점이 많았음을 압니다. 수혈 받을 피를 구하려고 애썼던 나날, 귀 뒤의 상처 때문에 7년간 함께 전국 방방곡곡을 헤매 다닌 일 등 고마운 일이 새삼스럽게 회상되네요.

가끔 잘난 체, 똑똑한 체해서 당신을 화나게 했던 점 인정하지만 나도 당신의 잘못 많이 덮어주고 참아가며 살아왔다는 것 알아줘야 합니다.

이제까지 큰 탈 없이 건강하게 살아온 것 고맙게 생각하며, 앞으로 남은 날 건강 잃지 않고 잘 살다가 저세상에서 부르면 큰 고통 없이 갈 수 있기를 소망해 봅니다.

2005년 금혼식 날

아내 박두연

이 편지를 쓰고 나서 채 2년이 안 되어 어머니는 췌장암 판정을 받았다. 입원하고 나서 딱 4개월을 사셨고, 마지막 한 달은 거의 의식불명이었다. 나는 『계간문예』 신인상 수필 부문에 투고를 해 드렸다. 당선되었다는 소식을 아무리 크게 외쳐도 어머니는 자신의 수필 등단 소식을 인지하지 못했다. 형과 내가 교대로 1인 병실을 지켰는데 나는 집에 가서 자고 형이 간이침대에서 웅크리고 자다가 병실에 이상한 침묵이 흘러 어머니를 불러보았다고 한다. 미동도 하지 않는 어머니. 어머니는 주무시다가 돌아가셨다. 76년의 생애는 그 시절을 산 대다수 여성이 그러했듯이 파란만장했다. 나는 어머니의 죽음을 애통해하며 이런 시를 썼다.

이 세상에 꽃은 많고 많지만
피어나는 꽃과 시들어가는 꽃
두 종류만 있을 뿐

이 세상에 사람은 많고 많지만
태어나는 목숨과 죽어가는 목숨
두 부류만 있을 뿐

아니
집에 있는 자와 집 떠나 있는 자
두 종류만 있을 뿐

아침이 온 것을 감사하는

밤 지새운 자들아

몸 팔고 있을 때 그대 곁에는

부처가 있지 않았는가

마음이 살인할 때 그대 곁에는

예수가 있지 않았는가

사춘기 이후에 나

어머니 곁을 떠나려고 줄곧 발버둥 쳤다

어머니 가슴에 몇 개의 대못을 박았고

임종은 지키지 못했다

그때도 나 헤매었다

죽어가고 있었을 뿐

이 세상에는 불효자식이 참 많을 테지만 나 같은 불효자식은 없을 것이다. 나는 물가에 내놓은 자식처럼 늘 어머니를 근심케 하였다. 사춘기 때의 방황이야 일종의 성장통이었다고 할 수 있겠지만 성인이 되어서도 만성 불면증으로 고생하는 아들을 지켜보며 가슴을 졸였을 것이다. 내 어머니는 생전에 수필을 꽤 많이 썼다. 인터넷 수필 사이트 몇 곳에 글을 올려놓고 댓글을 읽으며 즐거워하시기에, 아마추어 솜씨가 아닌 그 글들로 등단이라는 문을 열어 드리고 싶었던 것이다. 내 어머니의 수필을 블로그 http://blog.daum.net/poetlsh에 올려놓았으니 이 글을 읽고 혹 관심이 가는 이는 들어가서 보서도 좋겠다.

어머니 돌아가신 지도 어언 7년 몇 개월의 세월이 흘러갔다. 세월이 꽤 흘렀지만 힘든 삶을 살아간 어머니에게 줄곧 근심을 끼쳐드린 일이 명절이나 어버이날이 되면 더욱 뼈에 사무친다. 송강 정철의 시조가 오늘따라 더욱 세차게 가슴을 친다.

어버이 살아실 제 섬길 일란 다하여라.

지나간 후면 애닯다 어이하리.

평생에 고쳐 못할 일은 이뿐인가 하노라.

이승하 1984년 《중앙일보》 신춘문예로 등단하였으며, 시집으로 『인간의 마을에 밤이 온다』, 『천상의 바람, 지상의 길』, 『불의 설법』 등이 있고, 평론집으로 『세계를 매혹시킨 불멸의 시인들』, 『집 떠난 이들의 노래』 등이 있다. 대한민국문학상, 지훈상, 시와시학상 등을 수상했고, 현재 중앙대 문예창작학과 교수로 있다.

• 이영주

밥을 먹으면
알 수 있다

당신 없는, 미친 저녁과 같이 고독스러워, 밤이 밤을 때리고 있다고 믿도록, 거리에서 긋 앉아서 말한 기억 했던, 그 말, 혼자의 말이 좋은 일로 들어와서 그 고독하고 긋 것이야, 직이 했다.

1

어머니를 안고 있다. 백발의 머리칼에서 우
유 냄새가 난다. 어느덧 이렇게 작고 부드러운 우유곽이 되었나.

어머니는 시간이 지날수록 부드러워진다. 태도나 말투, 표정
같은 것이라기보다는 존재가 말랑해진다는 느낌. 70년이라는 세
월을 견디고 나면, 이렇게 부드럽고 점성이 좋은 물 같은 존재가
되는 것일까. 나는 요즘 들어 새로운 어머니를 만나고 있다. 시간

의 혁명처럼. 어머니가 달라졌다기보다, 내가 달라진 것이다.

　이번 생의 고통은 못 잊겠어. 그것이 때때로 내가 훔쳐본 어머니의 표정. 그러나 어머니라는 우주의 표정에 대해 내가 아는 것은 없다, 라고 어느 산문에 쓴 적이 있다. 그것은 어머니의 이야기였을까, 내 이야기였을까.

　이번 생의 고통을 과연 잊을 수 있을 것인가. 어머니의 얼굴에 내 언어가 들어가 표정을 바꾸어버린 것은 아닐까.

　단 한 번도 그녀는 너와의 삶이 고통스럽다,고 말한 적이 없다. 너와의 시간들이 눈물로 가득해서 슬프다,고 말한 적이 없다. 그녀는 꽉 닫힌 딸의 문을 열고 들어오려고 거칠게 방문을 열어본 적이 없다. 그저 내가 너무 바닥으로 떨어져 추하게 개처럼 쓰러질 때 등짝을 때리거나 손을 잡아 일으켜 자신의 눈을 마주보게 했을 뿐이다. 눈 속에 깊이 들어 있는 안타까움의 빛을 조금씩 흘려보냈을 뿐이다.

　빛의 파장. 세상에는 어머니가 흘려보낸 파장이 가득하다. 밤의 한가운데에 떨어져 있을 때, 그 심연에서 일어나지 않고 계속 잠들어 있을 때, 파장은 퍼진다.

나는 때로 지하철 계단을 내려가다가 파장을 만난다. 그 순간, 나이와 상관없이 운다. 아무것도 아닌데, 아무 일도 없는데, 어머니라는 파장을 맞닥뜨리면 다리에 힘이 풀리고 코끝에 매운 김이 올라오는 것이다. 조금 멀리 어머니가 있을 뿐인데, 마치 내 안에서 떠나가는 것처럼 부재의 감각이 통증처럼 찾아오는 것이다. 그럴 때 그리움이라는 단어 하나로는 부족한 기묘한 서러움이 들이닥친다. 도시의 모든 딱딱한 모서리들이 부서져 산산이 부서지는 환각 속에 빠져든다.

남부터미널 지하철 역 의자에 앉아 잠깐 나는 울음 속에 있었다. 5시간 전까지 어머니와 친구처럼 수다를 떨고 난 후였다. 아무 일도 없었고 아무 사건도 없었다. 나는 울음을 멈추지 못했다. 그리고 그 물의 시간을 비밀 안으로 가두었다.

가장 가까운 곳에 있는 존재가 가장 멀리 느껴지는 이상한 고립. 아마도 혼자 어디론가 걸어가는 다섯 살 아이의 공포감 같은 것이 아니었을까. 규정할 수 없는 내 비밀이 액체로 가득 찼다.

얼마 전, 어머니는 자신의 어머니를 잃었다. 구십 년 넘게 사시다가 돌아가셨으니 어찌 보면 호상이라고 볼 수 있을 것이다.

그러나 좋은 죽음이란, 죽어가는 자신에게만 해당되는 말이 아닐까. 오랜 세월을 큰 병 없이 사시다가 어느 순간 노화의 지점에서 행성처럼 폭발하고 마는 것, 그런 죽음은 어머니의 어머니에게 좋은 것일지도 모른다.

부재하는 대상에 대한 남겨진 자들의 고통은 어떤 죽음이든 마찬가지이다. 이제 어머니는 힘들 때 찾아가 기댈 수 있는 자신의 보금자리를 잃었다. 살아 움직이는 보금자리를.

어머니를 잃은 나의 어머니는 깊은 회한과 통곡 속으로 가라앉았다. 칠십 년 가까이 자신의 곁에서 부드러운 장막이었던 존재가 사라진 것이다.

어머니는 고아가 되었다.

고아가 된 어머니는 아이처럼 울었다. 그러나 고아로서 새롭게 시작된 시간은 엄연한 현실이었고, 어머니는 그 현실에 재빠르게 적응했다. 마흔을 앞둔 내가 아이가 된 어머니를 바라보고 있었던 것이다.

　진공 상태의 고통 속에서 터질 것 같은 슬픔을 꾹 참아내고 어머니는 눈물을 쓱쓱 닦았다. 입가에 살짝 미소를 띠며 나를 보았다. '영주야, 엄마는 괜찮다.' 옅은 미소는 그런 문장을 허공에 새겼다.

　그러나 나는 붉게 물든 어머니의 눈 속을 잊지 못한다. 내가 한 번도 보지 못한, 깊고 어두운 붉은빛. 말로는 설명할 수 없는 거대한 운명의 끈 하나가 툭 끊어진 사람의 표정. 목 놓아 우는 막내이모의 비명 같은 울음보다 어머니의 붉은 눈빛이 더 큰 상실감을 보여주고 있었다. 나는 울 수가 없었다.

　어머니는 고아가 되었고, 나는 고아의 딸이 되었다.

　외삼촌이 위암 말기라는 소식을 우연히 접한 이후, 어머니의 어머니는 곡기를 끊었다. 그때부터였을 것이다. 천주교인인 어머니의 기도는 너무나 간절해서 밤은 형언할 수 없이 깊어졌다.

　나는 가끔 시골에 내려가야만 만날 수 있는 어머니의 기도를 자꾸 외면했다. 매일 느끼는 것도 아니었는데, 가끔 맞닥뜨리는 그 간절함이 막연하게만 다가왔고, 나의 어머니가 다른 세상으로

가 있는 것 같은 불안감만 더 커졌던 것이다.

　나는 이기적이게도, 그녀가 내 어머니로서만 있길 원했다. 그녀를 나의 어머니 이외의 다른 사람으로 생각해본 적이 없었다. 그런 내게 어머니는 물었다.

　"너는 외할머니가 아프신데 아무 생각이 없니?"

　"……아니야. 슬퍼. 빨리 나으셨으면 좋겠어. 엄마가 힘들잖아."

　나의 상투적인 대답이 돌아오자 어머니는 한숨을 쉬었다. 오로지 내 입장에서만 떠오른 대답. 어머니가 힘들다면, 나도 힘들다, 나는 힘들고 싶지 않다, 이런 의미들이 함축되어 있는 대답. 물론 어머니 입장에서 이렇게까지 추측할 여력도 없었겠지만, 자신의 마음 반만이라도 나눌 수 있었다면 그렇게 어두운 한숨은 내뱉지 않으셨을지도 모른다.

　그리고 어머니의 어머니는 자신의 아들이 다른 세상으로 가기 전에 이곳을 떠났다. 아들보다 먼저 가 그곳에서 아들을 안아주고 싶어서였을까.

　투명한 빛만 남기고, 아들의 서러운 통곡을 배웅처럼 받으며 이곳을 떠나갔다. 외삼촌은 외할머니의 발을 끊임없이 쓰다듬으며 일어나질 못했다. 피는 사라지고, 푸르게 느껴질 만큼 하얀 빛이 발등에 모여 있었다.

외삼촌의 들썩이던 어깨를 잊지 못한다. 얼마 남지 않은 힘을 그러모아 온 힘을 다해 어머니를 부르는 상처 입은 짐승의 마지막 울음소리를.

그리고 얼마 후, 그도 자신의 어머니를 따라 이곳을 떠났다.

공유할 수 없는 슬픔이란 것이 있다. 형제들이 상실감을 나눈다고 해도, 자신만의 상실감이라는 것이 있다. 어머니가 떠나고 연이어 남동생이 떠나는, 상실감 위에 또 상실감이 얹힌 그때의 심정을 어느 정도의 슬픔으로 가늠할 수 있을까. 내가 들어갈 수 없는 고통의 현장 속 홀로 고군분투하는 어머니 옆에서 멍청하게 그런 생각들만 하고 있었다. 나는 도저히 실감이 나지 않았던 것이다.

3

그러나 나는 어머니와 할머니의 이야기들을 시로 많이 썼다. 어머니와 또 다른 어머니의 세계는 나를 매혹시키기에 충분했다.

돌아가시기 전에 갑자기 흑발이 자라났던 외할머니. 자리보전하기 직전까지 속옷은 직접 빨았던 꼿꼿함. 구부정한 허리를 잠시 들어 푸른 하늘 아래 빨래를 널던 모습. 약간 수그린 채 천천히 마당을 거닐던 단아함. 아무도 말리지 못한 흥분한 개에게 몇 마디 건네면 이상하게 그 개는 말을 잘 들었지.

점점 뼈만 남아갔지만, 외할머니는 어떤 본질로 보였다. 작고 왜소한 육체는 늘 거인처럼 긴 그림자를 드리웠다.

달빛 아래 푸른 머리로 앉아 있다
한곳에서 90년을 넘게 산다는 것은 어떤 것일까
그가 이방인으로 느껴지지 않았던 적은 없다

언덕에 앉아 잇몸을 핥으며 운다
한번 가서 오래 머물기는 어렵다는데
바람 부는 밤

그는 너무 푸르게 앉아 있는 것인지

돌 위에 두꺼비

모든 아기는 배 속에서 종양처럼 웅크리다가

밖으로 나온다

바람을 맞으며 세련된 생물로 자란다

왼손 위에 오른손을 올리고

그는 살갗을 쓸어본다

어디서 태어났는지 알 수 없어

등을 구부리고 있다

이렇게는 떠날 수가 없는 것일까

천천히 두꺼비를 잡는다

사랑받을 수 없다는 것

너무 오래 돌 위에 있었다는 것

삶과 죽음에 대한 본질적인 질문들. 그 질문의 모습으로 어머니의 어머니는 내 세상 안으로 걸어 들어왔다.

현실이라는 이곳으로 던져져서, 한 세기를 살아낸다는 것. 살아내면서 또 다시 반세기 이상의 어머니를 만들어낸다는 것. 한 세기와 반세기가 만나서 '어머니'라는 이름을 색다르게 부여한다는 것.

그리고 이렇게는 떠날 수 없다는 것. 삶과 죽음에 대한 질문만을 가슴에 안고 이 세상에서 사라져도 괜찮을지.

구부정한 뒷모습으로 삶의 거대한 물음표가 되어 있는 구십의 그녀. 그런 외할머니를 바라보는 어머니. 그리고 어머니가 언제될지 알 수 없는 나.

질문의 질문들이 이어진 채, 어떠한 사랑을 남겨야 하는지…….

대부분의 시간을 침묵 속에서 보내던 외할머니가 어머니를 보면 침묵 안에서 걸어 나왔다. 칠십이 다 되어가는 어머니에게 간장으로 절인 깻잎은 별로이니 양념을 다시 해야 한다는 잔소리. 수건의 결을 부드럽게 하는 일과 속옷을 정리하는 방식과 그릇에 깊은 정성의 온도를 어떻게 담아야 하는지……. 수백 번을 반복해서 어머니조차 무의식으로도 완벽하게 해내는 일에 대하여 어머니의 어머니는 일상에 빛을 더하고 더하는 이야기들을 끊임없이 쏟아냈다.

전라도 음식의 풍성함을 잘 구현해내는 손맛 좋은 어머니가 자신의 어머니로부터 듣는 잔소리가 신선하고 놀라워서 나는 몰래 킥킥댔다. 음식, 하면 최고라고 자부해오던 어머니의 당당함이 순간 삐끗했던 것이다. 물론 나머지 살림살이에 대한 깨알 같은 충고도 어머니를 들었다 났다 했다.

나는 그 모습을 지켜보면서 육체의 나이와는 상관없이 펼쳐지는 다정하고 재미있는 장면 안으로 빠져들었다. 어머니는 자신의 어머니가 침묵을 깨트리고 활발해진다는 것 때문에 그러한 잔소리를 달게 받아들였다. "엄마는 아직도 나한테 깻잎 양념 이야기를 해? 내가 알아서 할게!"라는 몇 마디 말로 투정하듯 적당히 응수를 하며 대화가 이어지도록 만들었다. 그럴 때 어머니는 어찌나 신나했는지.

나는 어머니 편을 든답시고 물었다.

"할머니, 칠십이 다 된 딸한테도 잔소리를 하고 싶으신 거예요?"

"잔소리를 안 할 수가 있간디."

촌철살인, 짧은 외할머니의 대답. 이상하게도 그럴 때면 새롭게 자라기 시작한 흑발이 더욱 윤이 나는 것처럼 보였다. 맑은 얼굴이 더욱 투명해지는 것만 같았다. 티격태격. 죽음을 앞둔 존재의 삶의 에너지가 뜨거워지고 있는 걸까.

어머니와 어머니의 어머니가 한 공간에서 밥을 해 먹고 물을 마시고 함께 잠드는 것을 보는 시간. 백발의 어머니가 흑발이 자라나기 시작한 백발의 외할머니를 뒤에서 껴안을 때면, 나는 따뜻한 물줄기가 가슴에 퍼지는 것을 느꼈다. 작은 어머니 품 안에 더 작고 왜소한 외할머니가 담겨 있다. 마트로쉬카 인형처럼, 어머니 안에 어머니가 들어 있다.

어머니는 살이 모두 빠져나간 작고 딱딱한 자신의 어머니를 끌어안으며 어떤 눈물을 가슴에 모아두었을까.

여섯 남매를 낳고 키우느라 외할머니가 오로지 자신의 어머니로서만 존재한 시간은 그 시절이 유일했을지도 모른다. 삶의 끝자락에 가서야 홀로, 자신의 가슴으로만 받아 안을 수 있었던 어머니. 나는 그런 생각이 들자 목 안이 달아오르는 느낌이 들었다. 목 안에서 조용한 불꽃이 피어나는 기분이었다.

어머니의 어머니가 떠나가던 날, 날씨는 아름다웠다. 사람들은 거리에서 핸드폰에 장착된 사진 기능으로 하늘을 찍었다.

태양은 조금 뜨거웠고, 구름과 하늘이 서로의 얼굴을 바라보고 있는 것 같은 날이었다. 나는 영안실로 내려가기 전에 누구의 것인지 알 수 없는 표정을 하늘에서 보았다.

죽음이란, 그렇게 참담하지 않은 것일지도 모른다. 조금 뜨겁고, 높은 것일지도 모른다.

4

나는 형제가 없다. 아버지와 어머니, 그리고 나. 이렇게 셋이서 가족이라는 이름으로 살아왔다. 내가 시를 쓰고 싶다고 했을 때, 아버지는 잠깐 침묵을 지켰다. 그때 어머니는 아주 쿨하게 대답을 던졌다.

"그래. 하고 싶은 거 해야지. 사람이 살면서 하고 싶은 거 하고 살아야 행복하니까."

자식이 하나뿐인데, 시인이 되겠다고 하는 선언은 그리 달갑지 않았을 것이 뻔하다. 하지만 아버지의 우려를 조금 가볍게 만들고 싶은 어머니의 마음이 앞섰던 것일까. 아버지는 그제야 고개를 끄덕였다. 행복하다면, 무엇을 해도 좋다고.

시를 쓰는 일이 행복하냐고 묻는다면, 나는 어떻게 대답해야 할지 모르겠다. 흔쾌히 동의해준 어머니의 마음이, 우려와 걱정이 가득한 아버지의 마음이 사실은 같은 것이라는 것을 요즘 깨닫는다.

남들보다 예민하고 날카롭게 세계를 바라보는 시선을 벼리고 살아가는 삶이 행복한 것인가? 시는 불행 속에서 더욱 아름다워진다고 해도 과언이 아니다. 시는 불행 안에서 사라지지 않는 슬픔을 발견하는 것이 운명이다. 시인은 시를 살아내어도, 시를 버려도, 그 불행의 자장 안에서 벗어날 수가 없다.

그렇다고 일상과 생활이 끊임없는 비극 안에 노출되는 것은 아니다. 오히려 극단적인 비극의 형태는 시에서 벗어난 삶에 더 많이 담겨 있다. 자본주의 사회는 영혼의 문제를 박살내는 데에 천재적인 기능을 가지고 있으므로.

다만, 시를 운명처럼 만난 자들은 비극의 본질을 계속해서 만날 수밖에 없다. 그 안에서 어느 것과도 쉽게 타협하지 못하고 어긋나기 일쑤인 것이다. 부조리한 세계에서 예민한 자아 하나로 영혼의 문제를 감당하려는 자들은 불행의 냄새를 감각적으로 맡을 수밖에 없는 숙명을 가지고 있다.

세속적인 질서에서 많은 것을 포기하는 것, 이탈한 자의 곤궁한 삶, 어떤 질서에도 이방인으로 존재할 수밖에 없는 자. 끊임없이 주어진 것들로부터 벗어나려는 기질들은 시를 살게 만들지만, 삶에서는 계속 실패의 얼굴을 만나게 된다.

실패하기 위해 걸어가는 자들. 그런 걸음에 얼마나 깊은 슬픔이 담겨 있는 것인지. 그러나 어머니는 자식이 스스로 선택한 문제적 길에 힘을 보태는 것 또한 어머니의 몫이라고 생각했는지도 모른다. 그것은 아버지의 우려와도 맥락이 닿아 있다.

어머니는 자식이 자신이 원하는 대로 살기를 바라는 소망을 나의 십대 시절에 접었다. 나는 남들이 흔히 말하는 질풍노도의 시기를 그야말로 격렬하게 보냈다.

그 시절에는 무엇엔가 홀려 있었고, 뜨거워서 출처를 알 수 없는 불길이 늘 나를 휘감았다. 지금 돌이켜보면, 관계에 대한 공포로 벌벌 떠는 겁쟁이였기 때문이라는 생각이 들지만 당시에는 알 수 없는 기운에 이끌려 나는 신나게 방황을 했다.

그래봐야 나는 겁쟁이여서, 친구들의 일탈을 바라보고 그 현장에서 도망가기 일쑤였다. 신문기사에서나 볼 수 있는 여러 가지 극단적인 사건들이 내 주변에서 종종 일어났고, 나는 그 심리적 충격을 2차적 현실처럼 둘러치는 데 선수였다.

주저흔이 가득한 친구, 공장에 다니는 홀어머니가 다치자 홀연히 자취를 감춘 친구, 여의도 광장에서 롤러스케이트를 집어던지고 나를 떠나간 친구, 독서실 옥상에서 삶을 포기하려던 친구, 사랑하는 애인을 따라 어딘가로 사라진 친구⋯⋯.

지독하게 문제집만 파다가 코피를 흘리는 친구들이 더 많았지만, 사실 나의 마음은 슬픔을 벗어날 수 없는 친구들 곁에 있었다. 그들과 같지 않으면서, 그들 곁에 있다면 결국 나는 유령 같은 존재일 뿐이었다.

그렇게 매일매일 격렬하게 마음을 다치고 있었다. 마음을 다치는 것으로, 나는 유령에서 벗어날 수 있다고 믿었다.

학년이 바뀌고, 나는 새로운 공간으로 옮겨졌다. 그저 그들 곁에서 함께 울고 있었을 뿐인데, 아버지는 나를 다른 환경 안으로 밀어 넣었다. 겉으로는 불합리하다며 반론을 제기했지만 사실 나는 무너지고 있었다. 나는 경계에 서 있는 어정쩡하고 바보 같은 자였을 뿐이니.

아버지와의 갈등 속에서 한바탕 전쟁을 치르고 난 후, 어렴풋이 잠이 들었을 때 얼굴 위로 차가운 물방울의 기운이 느껴졌다. 어머니가 내 얼굴을 쓰다듬으며 눈물을 흘리고 있었던 것이다.

"바보처럼 그냥 네, 하면 되는데…… 네 마음 잘 아는데…… 그저 어찌할 바를 몰라서 그런 것이라는 것도 아는데……"

어머니의 울음 섞인 목소리가 내 안으로 천천히 스며들었다.

5

"마음이 상했을 때는 밥을 먹어야 되어."

어머니의 어머니는 그 말씀을 자주 하셨다. 삶은 상처의 연속이다. 죽음 이후에는 상처가 끝이 날까.

태어나는 순간부터 상처는 시작된다. 상처가 켜켜이 쌓여갈수록 삶은 지독해진다. 그렇게 지독해진 삶이, 상처를 먹고 자라나는 괴물처럼 커지면, 우리는 어머니를 떠올린다. 어머니라는 치유의 공간을.

모든 어머니가 다 그런 것은 아니다. 어머니가 다 그런 순간만 주는 것도 아니다. 어머니는 오히려 먼저 살아낸 사람의 지독함이 있다. 그래서 어머니에게도 치유의 어머니가 필요하다. 마음의 밥을 먹고, 그 힘을 끄집어내 내게도 밥을 주는 것이다.

사소한 일들로 어머니와의 충돌이 생기곤 한다. 지금까지도 그렇다. 어떤 충돌의 순간에는 가장 가까운 사람끼리 소통하지 못한다는 절망감이 들기도 한다.

그러나 외할머니가 어머니에게 이런저런 이야기를 하던 순간도 함께 떠오른다. 백발의 어머니가 소멸할 것 같은 반백발 외할머니의 작은 몸을 끌어안고 잠들던 순간도.

어머니의 유전자를 이어받았다면 어느 순간 내게도 백발의 시간이 다가오겠지. 그때가 되면 어머니의 머리칼에서도 흑발이 자라날까.

시간은 뒤로 가고, 아이처럼 작아지는 어머니는 내게 끊임없이 통박을 주겠지. 나는 어머니의 흑발을 바라보며 밥을 안치고, 국을 끓일 것이다. 식탁은 풍성해지고, 눈물처럼 뜨거워질 것이다.

많이 다쳤을 때는 밥을 먹어야지, 그래야 기운을 내지, 이 식당에 오면 죽은 할머니의 목소리가 가득하다. 그럴 때면 나는 세상이 맛없게 천천히 간다고 생각했다.

  침묵을 먹으면 알 수 있다. 어떤 슬픈 이야기도 죽지 않고 그릇 안에 담겨 있다.

「헝가리 식당」 부분

이영주 1974년 서울 출생. 2000년 《문학동네》로 등단하였으며, 시집으로 『108번째 사내』, 『언니에게』, 『차가운 사탕들』이 있다. 명지대 문예창작학과 박사과정을 수료했다.

• 이재무

불러도 대답 없는
이름이여

아버님은 참으로 신명이 많은 분이셨다. 사람들이 모여 있
는 자리에서 언제나 좌중을 이끌며 이야기를 풀어나가셨다.
우스개도 참 잘하셔서 주변 사람들을 즐겁게 하는 데 일가견
이 있었다.

조문을 갈 때마다 내게는 이상한 버릇이 있
다. 고인의 나이를 알아보는 것이 그것인데 상주나 지인을 통해
실례를 범하지 않게 은근히 기술적으로 알아본다. 내 어머니는
향년 48세, 아버지는 59세에 돌아가셨다. 난 이 점이 너무 애석하
다. 부모의 너무 이른 죽음이, 자식이 베풀 수 있는 효의 기회를
앗아갔다고 생각하기 때문이다. 부모는 자식들이 은혜를 갚을 수
있는 능력이 생길 때까지 살아줄 의무가 있다.

내 나이 올해로 56세. 돌아가신 어머니보다 8년을 더 넘겨 살
고 있는 중이다. 햇수로 따지니 벌써 21년이 다 되어간다. 그러나

나에게 그런 물리적 시차는 아무런 의미가 없다. 어머니는 내 마음속에 영원히 살아계신 존재이기 때문이다.

부모님이 생존해 계시는 친구들이 나는 얼마나 부러운지 모른다. 아직 부모님이 생존해 계시다는 것은 그분들께 진 빚을 갚을 수 있는 기회를 갖고 있다는 것을 의미하기 때문이다. 빚지고는 못 사는 성격 때문인지 모르겠으나 내게는 평생 갚을 길 없는 부채를 떠안고 사는 일처럼 괴로운 일은 없다.

최초로 익힌 문자

내가 일곱 살이 되던 해 여름이었다. 밭농사를 짓다가 이른 저녁에 집으로 돌아오신 어머니는 뒤뜰에 임시로 설치한 가마솥에 보리쌀을 안쳐 밥을 짓다가 해종일 저수지에서 미역을 감다 막 사립으로 들어서는 나를 보고는 손짓으로 불러들였다. 너도 내년에는 입학을 해야 하니 이름 자 정도는 익혀야 할 게 아니냐? 뭘 벌써 골치 아프게 글자를 익혀? 학교 가면 선생이 어련히 알아서 가르쳐드릴 텐디. 아니다. 미리 배워서 나쁠 거 없다. 거기 솥 옆에 자빠져 있는 부지깽이를 집거라. 그게 네 연필이다. 아궁이 밖으로 연신 불의 혀가 빠져나와 솥의 아랫도리를 핥아대고 있었다. 뒷산에서 졸졸졸 흘러내려온 어둠이 시나브로, 뒤꼍 장광이며 마당 안으로 고이고 있었다.

아궁이에서 새어나오는 불빛이 밀려드는 어둠을 가까스로 밀어내는 곳에 생기는 문짝 크기의 백지에 나무토막을 움켜쥔 어머니가 삐뚤삐뚤 글씨를 써내려갔다. 나는 어머니가 시키는 대로 부지깽이 연필을 들고 그 글씨들을 흉내 내었다. 얼마나 시간이 흘렀는지 모른다. 아궁이에서 새어나오는 불빛도 잦아들고 그 사이 무성하게 세력을 키운 어둠이 집안 구석구석에 빼곡하게 들어차 있었다. 바깥에서 일을 마치고 들어오는 식구들의 두런두런대는 소리가 들려오기 시작하였다. 어머니와 나는 무슨 공모라도 한 사람들처럼 의미심장한 웃음을 주고받은 뒤 그날의 공부를 작파하였다. 그날 이후 그해 여름이 다 가도록(비 오는 날을 제하고는) 노천 학교에서의 수업이 중단된 적은 없었다.

이렇게 해서 나는 어머니를 통해 생애 처음으로 문자와 만나게 되었다. 당시 비록 농사꾼의 아내였지만 어머니는 일반 아낙들과는 달리 중학교 문턱까지 밟은 이력의 소유자로서 문자 해독력이 밝으신 분이셨다. 내가 오늘날 문단의 말석이나마 차지하고 앉아 변변찮은 말과 글일망정 이것들을 수단으로 호구를 연명해 나가고 있는 것도 따지고 보면 어머니가 베푼 이런 은공 덕택이 아니고 무엇이랴. 하지만 애석하게도 어머니는 당신의 장남이 시인이 된 줄도 모르고 너무 이른 나이에 죽음을 맞게 되었다. 만약 살아 계신다면 어머니는 내 시의 가장 강력한 후원자가 되셨을 것이다. 어머니 덕분에 뛰어난 시편들을 얻게 된 몇몇 유명 시인들처럼 나의 어머니께서도 내게 샘처럼 마르지 않는 시적 영감을 주셨을 게 분명할 것이기 때문이다. 하지만 하늘이 준 운명을 어찌 일개 서생인 내가 어찌 피해갈 수 있었겠는가. 다만 나는 추억의 대상으로서 어머니를 떠올려 가난한 시편을 짓고 있을 따름이다.

어머니의 잔병치레

어머니는 잔병치레가 잦았다. 걸핏하면 앓는 소리를 내셨다. 허약 체질인 데다가 과중한 노동에 시달린 탓에 날이 갈수록 병세가 위중하였다. 그러나 워낙에 서발 막대 걸릴 데 없이 지지리 궁상을 떨 만큼 궁색한 가세인지라 감히 보약은커녕 변변히 약값조차 마련할 길이 없이 애오라지 맨몸으로 견디는 수밖에 달리 수가 없었다.

한밤중 식구들이 잠든 새 신열이 달아오른 어머니가 끙끙 앓는 소리를 내면 건넌방에 거처하시는 할머니의 헛기침 소리가 방문을 빠져나와 낡은 마루를 서성거렸다. 장남인 내가 일어설 수밖에 없었다. 집에서 시오리쯤 떨어진 면사무소 마을에 있는, 그 흔한 입간판도 세우지 못한, 시늉뿐인 약국으로 달려가 닫힌 철대문을 조막손으로 꽝꽝 두들겨 알약 몇 개를 사가지고 돌아와야 했던 것이다. 나는 훗날 그날의 심경을 다음과 같이 재구성하여 시편으로 기록해 놓았다.

네가 우는 날 밤

나는 끝내 잠 이룰 수 없었다

늦도록 엄니의 가슴앓이는

지붕의 낡은 기왓장 떨어뜨렸고

건넌방 문틈으로 빠져나온

할머님 잔기침 소리는

낡은 마룻바닥 울리며 서성거렸다

간간이 바람이 불었고

뒷산 삭정개비가 부러졌다

그런 날 밤에는

처마 끝에 매단

시래기 다발이 떨어져

뜰방 어지러웠고

일 나간 아비는 돌아오지 않았다

허물어진 담장 안으로

달빛만 푸짐히 내려 쌓였다

— 「부엉이」 전문

　마을에서 면소 마을까지 가려면 중간에 고개 하나를 넘어야 했다. 지금은 도로 확장으로 인해 거의 평지나 다름없게 되었으나 당시만 해도 간간이 사나운 짐승이 나타나 행인을 놀래킨다는 말이 나올 만큼 형세가 가팔랐다. 어머니의 병세가 아니라면 감히 그 밤길을 나서지 못했을 것이다. 하지만 위중한 어머니의 처지를 장남인 내가 아무리 어리기로서니 무슨 핑계로 피할 수 있었겠는가. 북풍한설 몰아치는 한겨울임에도 불구하고 불끈 쥔 두 주먹엔 더운 땀이 고여 끈적이고 있었다. 거듭 바지 솔기에 땀을 문질러 닦아내며 어머니의 남은 일생을 서투른 산수로 빼고 더하며 고개를 넘었다. 나에겐 밑으로 다섯이나 되는 철부지 동생들이 있었다. 아, 어머니! 어머니 없는 세상이란 상상만으로도 커다란 공포였고 지옥이었다. 나는 하늘에 대고 빌고 빌었다. 어머니를 우리 곁에 오래 머물게 해주세요. 약을 사가지고 고개를 넘어오면서 나는 소리 없이 엉엉 울고 있었다.

어머니에게서 배운 노래

　내가 초등학교 저학년일 때 우리 집은 담배 농사를 지었다. 담배 농사는 참으로 품이 많이 드는 농사였다. 한여름에 밭에서 자라는 담뱃잎을 따다가 건조를 시켜야 했는데 햇빛과 바람으로 잎을 건조시키는 게 아니라 새끼줄에 일일이 잎들을 엮어 건조실에 넣고 석탄불을 때 적정한 수준으로 말려야 한다. 그렇게 말린 것들을 최상품 상품 하품 등으로 나누는 조리를 해야 했는데 상품 이상을 받아야 제대로 값을 받을 수 있었다. 담뱃잎은 탄저병에 취약하여 잎 사이사이 붉은 반점이 생겼는데 그것들을 가위로 잘라내고 황금색 담뱃잎만을 추려 가지런히 하여야 했다. 이것을 '담배 조리'라 하였다.
　담배 농사는 아버지의 몫이었지만 담배 조리는 어머니의 몫이었다. 어머니는 말만 한 동네 처녀들을 불러들여 조리를 하였는데 단순 노동의 지루함을 달래기 위해 당시로서는 귀물인 금성 라디오를 틀어놓고 일을 하였다. 하품이 잦은 오후 시간대가 되면 라디오에서는 뽕짝류의 구성진 가락이 흘러나오고는 하였는데 어머니와 처녀들은 누가 질세라 그 노래들을 따라 부르면서 일이 주는 과중한 피로를 달래곤 하였던 것이다. 김세레나, 김부자, 조미미, 이미자 등의 가수들이 불러대는 대중가요들은 나 같은 어린이가 듣기에도 어찌나 서럽고 청승맞고 구슬픈지 까닭 없이 가슴이 먹먹할 정도였다. 그 즈음 우리 집에서는 부업으로 수십 마리 닭을 키우고 있었다. 나는 또래들과 어울려 논두렁과 밭두렁을 뒤져 개구리를 잡기에 여념이 없었다. 잡아온 개구리들을 삶아 사료와 섞어주면 닭들이 그걸 최상의 음식으로 알고 달게 먹었다. 우리들이 개구리를 잡아오면 어머니는 오 원짜리 동전으로 노고를 치하했는데 그 오 원짜리가 발휘하는 위력은 결코 만만한 것이 아니었다.

잡은 개구리들을 철사 줄에 꿰어 의기양양하게 사립을 들어서면 마루에 한가득 들어찬 어머니와 동네 처녀들이 조리를 하면서 예의 노래들을 합창해대고는 하였다. 심상했던 그 풍경은 후에 어른이 되어 떠올릴 때마다 이유도 없이 코끝을 싸하게 만드는 마력을 발휘하였다. 그렇게 몇 해의 여름을 보내는 동안 나는 부지

불식간 그 노랫말들과 가락들을 익히게 되었다.

대학 2년을 마치고 입대하기 몇 달 전 어머니는 나에게 군에 가 있는 동안 당신 생각나면 부르라면서 대중가요 몇 곡을 손수 가르쳐주셨고 이윽고 입대일이 코앞으로 닥치자 동네 아낙들을 불러들여 성대하게 송별회를 치러주셨다.

내가 어쩌다 동업자들과 어울려 노래방을 가게 될 때 지금도 나는 그때 배웠던 노래들을 부르곤 한다. 나의 애창곡들은 이미 그때 결정되었던 것이다.

지금 돌이켜보면 어머니는 참으로 신명이 많은 분이셨다. 사람들이 모여 있는 자리에서 언제나 좌중을 이끌며 이야기를 풀어나가셨다. 우스개도 참 잘하셔서 주변 사람들을 흥겹게 하는 데 일가견이 있었다. 또한 병약한 체질과 달리 일 욕심이 많으셨다. 우리 집은 담배 농사를 작파하고 이후에 양송이버섯 농사도 짓게 되었는데 담배 농사 못지않게 품이 많이 들고 고되었다. 어머니는 새벽같이 일어나 이 일에 매달리셨는데 어쩌면 어머니의 단명은 어머니 스스로 자초한 측면도 없지 않았다. 일 욕심을 줄이셨다면 그렇게 일찍 하나님의 부름에 응답하지 않아도 될 일이었는지 모른다. 물론 그 일 욕심이 전부 자식들을 뒷바라지하기 위한 것임을 왜 모르겠는가마는.

　나의 본관은 함평咸平 이씨이다. 당시 내가 살던 증각골(행정구
역상으로는 부여군 석성면 현내리 청룡 부락)을 위시하여 이웃
동네(탑동)와 건너 동네(종북) 이렇게 도합 세 마을이(쌀밥에 검
정콩이 든 밥그릇처럼 드문드문 타성바지가 박혀 있긴 했지만)
대략 함평 이씨로 구성된 전형적인 집성촌이었다. 그래서인지 집
안 대소가의 크고 작은 일들이 많았다.

　동네 아낙들은 누구도 예외 없이 집안일에 소홀할 수 없었다.
초상집이며 잔칫 집에 불려가 온갖 궂은일들을 치러내야 했던 것
이다. 그런데 철없는 아이들은 어미들의 노고와는 상관없이 대소
가에 일이 생겨나면 마냥 들떠 지내기 일쑤였다. 그런 날은 어미
들이 하루 종일 일한 대가로 어김없이 때 묻은 손수건에 떡이며
과일이며 고기 부스러기 등속을 싸가지고 돌아오기 때문이었다.

　어머니는 사립을 들어서자마자 목이 빠져라 고대하고 있던 당
신 자식들을 마당 한구석으로 불러들여 닭 모이 주듯 음식들을 골
고루 나눠주셨다. 어머니가 가져온 음식은 입에 넣자마자 혀 속
에서 햇빛이 다녀간 얼음조각처럼 순식간에 녹아버렸다.

　기다린 시간에 비해 음식이 몸속으로 사라지는 시간은 너무도

짧았으므로 늘 아쉬움이 크게 남을 수밖에 없었다. 무언가 형언하기 힘든 허전함으로 속이 덜 찬 배가 투덜거리기 시작할 때면 뒤꼍에 있던 어머니가 누가 볼세라 급하게 나를 은밀한 손짓으로 불러들였다. "장자니께 특별히 디 주는 거다. 아무한티 말하믄 안 되니께 얼른 숨겨라." 하고는 털이 듬성듬성 박힌 돼지비계 서너 조각을 내 손에 얹어주는 것이었다. 나만 받아먹는 그 돼지비계의 고소한 맛이라니! 나는 어머니에게 특별히 더 대접받는 우월감에 젖어 아끼고 아껴먹으며 어머니에 대한 효심을 다짐하고 또 다짐했다. 매번 있는 일이었지만 늘 처음 겪는 일처럼 새롭게만 느껴졌던 어머니와의 밀거래. 하지만 나중에 나는 그것이 어머니만의 특별한 정치라는 것을 알게 되었다. 이름하여 '어머니의 뒤꼍 정치.' 어머니는 동생들에게도 그런 방식으로 특별한 사랑과 관심을 표명했던 것이다.

우산에 대하여

우리가 어릴 때는 우산이 참으로 귀했다. 비 오는 날 학교에 가려면 우산 쟁탈전이 심했다. 어쩌다 한두 개 있는 우산을 할머니와 아버지가 쓰고 나가시면 우산 대용으로 비닐 포대나 토란잎으로 비를 가리고 학교에 가야 하는 때도 있었다.

방학을 얼마 앞둔 어느 날이었다. 아침에는 멀쩡하던 날씨가 방과 후가 다가오자 하늘에 구멍이 뚫린 것처럼 억수같이 비가 쏟아지기 시작하였다. 그런데 어떻게들 알았는지 아이들은 비 막이 우산이나 비닐들을 준비해 가지고 와서는 수업이 끝나자 썰물처럼 교문을 빠져나갔다. 참으로 난감하지 않을 수 없었다. 나는 선뜻 교실 문을 나서지 못하고 비가 그치기만을 기다리고 있었다. 얼마나 시간이 흘렀을까. 누가 교실 뒷문을 열고 들어서며 작은 소리로 나를 부르고 있었다. 어머니였다. 어머니의 한 손에 비닐 우산이 쥐어져 있었다. 교문을 빠져나온 우리 모자는 세차게 퍼붓는 비의 전선을 뚫고 집을 향해 바지런히 걸음을 옮겼다. 시오리 신작로를 터벅터벅 걸어오면서 어머니와 나는 참으로 많은 이야기를 나누었다. 학교생활, 친우 관계, 장래 희망 등속과 외갓집 형편이 어려워 중학교에 들어갔으나 중단할 수밖에 없었던 당신의 어릴 적 궁핍과, 아버지가 무능하고 못 배웠지만 자식들만은 세상 누구 못지않게 귀하게 여기고 있으니 원망하지 말라는 것과 열심히 공부해서 어미의 한을 풀어달라는 것 등등 두서없이 이야기를 나누었다. 집에 도착하여 뜰방에 신발을 벗어놓고 마루에 올라설 때에야 나는 어머니의 한쪽 어깨가 물 폭탄을 맞은 듯 움푹 패고 흠뻑 젖어 있다는 것을 알았다. 시오 리 길을 걸어오면서 비의 이빨들이 크게 물었다 뱉은 흔적이 어머니 어깨에 고스란히 남아 있었던 것이다. 그날 나는 알았다. 우산이 사랑의 척도라는 것을. 비 오는 날 한 개의 우산을 둘이 써보면 안다. 비가 더 많이 다녀간 쪽이 덜 다녀간 쪽을 더 많이 사랑한다는 것을.

다듬이 소리

서울로 상경한 지 삼십 년 만에, 열 번의 이사를 끝으로 조그만 아파트 한 채를 장만하게 되었다. 이사란 참으로 귀찮고도 성가신 일이다. 이사를 할 적마다 꼭 챙긴다 하면서도 약속이나 한 것처럼 한두 가지 귀중품을 잃게 되어 여간 속상했던 게 한두 번이 아니었다. 그런데 이상하게 그 분망한 중에서도 내가 잊지 않고 챙겨온 물건이 하나 있다.

'다듬이'

어머니 분신과도 같은 이 물건은 결코 유품이 아니다. 삼십 년 전 갑작스러운 어머니의 죽음에 이어 연년생 동생이 교통사고로 죽고 잇달아 무슨 비극의 연쇄반응처럼 아버지가 오래 앓던 지병으로 운명을 달리하면서 하루아침에 폐허가 된 집안의 장자였던 나는 비겁하게 도망갈 궁리만을 찾다가 눈에 띄는 다듬이 방망이 하나만을 무슨 보물단지인 양 챙겨가지고 무작정 서울로 상경했다. 왜 그랬는지 그 뚜렷한 이유는 지금도 알 수가 없다. 다만 때 이른 어머니의 죽음을 잊지 말자는 무의식적 반응 정도로 이해하고 있을 따름이다.

돌아가신 어머니를 떠올리면 불현듯 목울대가 뜨거워지고 생뗏장을 입힌 듯 가슴이 답답해져 온다. 어머니가 내게 물려준 아픈 추억들은 시절도 없이 불쑥 얼굴을 내밀어 일상의 걸음을 멈추게 하는데 그중에서도 특정한 운율과 리듬을 동반한 채 찾아와서는 나로 하여금 대책 없이 추억의 강물에 빠져들게 하는 것이 있으니 그것은 다름 아닌 '다듬이 소리'이다.

내게 있어 다듬이 소리는, 소리가 주는 단순한 의미 이상의 것이 배어 있다. 어머니의 숨결과 살내를 안으로 품고 있는 웅숭깊은 그 소리. 어머니의 주요한 생활의 일부를 이루었던 특유의 가락을 들으며 나는 자랐고, 그 음률이 불러일으켰던 갖가지 빛깔의 감흥은 오늘날 내 삶의 비밀한 정서를 이루게 되었다. 소리에도 적막이 있다면 나는 단연 다듬이 소리를 맨 앞에 내세우고 싶다.

내 소견으로 볼 때 옛날의 다듬이 소리의 일정한 운율과 리듬의 형식 속에는 심해처럼 깊고 태산처럼 높은 시간이 들어 있었다. 부연하면 낮 동안 집안 대소가의 일과 고된 농사일을 마치고 물에 젖은 솜처럼 무기운 몸으로 돌아와, 없는 틈을 짜내 힘들게 빨아낸 광목을 두들겨대던 어머니의 다듬이 소리엔 오지 않는 지아비를 온밤 내 기다리던 기다림과 시집살이의 한과 생활의 갖가지 애환 등이 들어 있었다.

나는 어릴 적 그 소리를 따라, 몸은 방 안에 둔 채 마음으로 쓸쓸히 밤길을 거닌 적이 많았다. 이를테면 다음과 같은 식이다.

물속으로 날아든 돌처럼 마을이 밤의 심연 속으로 가라앉으면 내 마음을 무등 태운 그 소리가, 어둠의 색깔과 대비되어 또렷해진 하얀 모습으로 사립을 나선다. 사립을 나선 그 소리는 추수 끝난 빈 벌판에 내려와 반짝이는 별빛들에 일일이 눈 맞추며 걷다가 논두렁을 헛디뎌 넘어지기도 하고, 바람의 손에 등 밀려 살얼음 낀 초겨울 냇물을 건너다 몸이 젖기도 하다가 휘영청 떠오른 달빛을 엮어 만든 빗자루로 신작로의 어둠을 쓸어내면서 아직 읍내 장터에서 돌아오지 않는 아버지를 마중 나간다. 밤은 이슥토록 깊어가고 한참을 걷다 보면 주막에서 화투 패를 돌리는 남정네들의 왁작하는 걸쭉한 소리가 들려온다.

다듬이 소리는 갑자기 부드러운 감성의 옷을 벗고 본래의 방망이로 돌아가 그들의 양심을 사정없이 두들겨 팬다. 하나 둘씩 투덜대며 일어서는 사내들. 비로소 다듬이 소리는 일정한 호흡의 제 가락으로 돌아와 술 취한 가장의 휘청거리는 보폭을 이끌며 만족한 듯 논둑길을 돌아 집으로 온다.

다듬이 소리의 발원지는 언제나 윗마을이었다. 윗마을을 빠져나온 다듬이 소리는 득달같이 샛둑을 넘어와 아랫마을의 다듬이 소리를 채근하여 불러내어 바통을 넘겨주었고 바통을 이어받은 아랫마을 다듬이 소리는 뒷산의 허리를 비껴 돌아 이웃 마을의 키작은 담장들을 타 넘고 들어가 또 다른 소리의 주자들에게 바통을 넘겨주었다. 다듬이 소리의 경주와 일반 릴레이 경기에 다른 점이 있다면 다듬이 소리의 선수들은 바통을 넘겨주고도 계속해서 소리 달리기를 멈추지 않았다는 점이었다. 그렇게 해서 이 마을 저 마을에서 들려오는 고저장단의 화음이 밤하늘을 반짝반짝 수놓게 되는 것이었다. 간간이 밤바람 소리와 부엉이 울음소리가, 소리들이 무명 직물로 짠 스크럼의 틈을 노려보지만 소리의 결들이 어찌나 촘촘한지 번번이 실패하고 만다. 여름밤의 개구리 울음처럼 온밤을 들끓던 다듬이 소리도 자정이 지나면서부터는 한 풀씩 꺾여 시나브로 숨이 끊어져 갔는데, 그러다 완전히 소리의 숨통이 끊겼을 때 찾아오던 그 깊이 모를 정적—그것은 오늘 하루도 큰 무리 없이 마감했다는 의미로서의 적막이요, 내일이 얼마 남지 않았다는 준비로서의 침묵이라고 할 수 있었다.

그런 다듬이 소리에 가만히 귀 기울여 들어보면 그 소리의 마디와 가락에는 소리 임자들의 각기 다른 생의 고민과 사연이 다양한 무늬들로 물들어 있음을 알게 되는데, 그것을 읽어내는 즐거움과 고통이 컸다.

그녀들은 단순히 의식주라는 현실 생활의 방편만을 위해 쾌락과 고통의 연주를 해대고 있었던 것만은 아니었다. 다듬이질을 하면서 그녀들은 그녀들만의 운율과 리듬에 그녀들 각자의 삶과 세계를 담아냈으며, 서로 서로 그 두드림의 행위를 통해 각자의 애환과 형편 등을 속속들이 동정하고 이해했던 것이다. 요컨대 어머니들의 유일한 음악이었던 다듬이 소리는 그녀들 생활 속의 사색이었으며, 타자와의 무의식적 공유이었던 셈이다.

이러한 까닭으로 내게 있어 다듬이 소리는 비록 그 자취가 사라졌을망정 몸 안쪽에 살가운 정과 의미로 남아 그날의 정취를 다시 살게 하고 있는 것이다.

그러나 이제 다듬이 소리는 사람들의 기억에서 지워진, 아득한 과거의 유물이 되어버렸다. 사람들은 더 이상 다듬이라는 기구가 없이도 생활의 불편을 느끼지 않게 되었고 더불어 그 소리가 주던 다양한 생의 의미를 그리워하지도 않게 되었다. 기술의 최첨단의 시대를 사는 사람들에게 다듬이란 한낱 장식품에 지나지 않게 되었기 때문이다. 또한 다듬이 소리가 아니더라도 마음만 먹으면 언제든지 삶의 애환과 고통을 대신 위무해줄, 양과 질의 양면에서 훨씬 더 월등한 음악 기구들을 만날 수 있기 때문이다.

상황이 이러할진대 나는 왜 아직도 구습을 벗지 못하고 뜬금없이 시도 때도 없이 시대의 지진아처럼 예전의 그 소리가 간절히 그리워지는 것일까?

그것은 다듬이 소리에는 오늘날 그 어떤 현란하고 고급스러운 소리로도 담아낼 수 없는 어머니들만의 공동체적인 삶, 이웃의 아픔과 고통을 이해하고 연대하던 삶, 당장 이루어지지 않는다 해도 참고 인내할 줄 아는 끈질긴 기다림 등속, 생의 덕목들이 소리의 살 속에 들어 있기 때문일 것이다.

어머니를 떠올리면 자연 함께 떠올려지는 다듬이 소리—나는 그 소리를 평생 잊지 못하고 살 것이다. 지금도 그 소리에 묻혀오는 어머니의 숨결과 체온이 손에 잡힐 듯 느껴져 온다.

마흔 여덟 옭매듭을 끊어버리고

다 떨어진 짚신 끌며

첩첩산중 중각골을 떠나시는규

살아생전 친구 삼던 예수를 따라

돌아오리란 말 한 마디 없이

물 따라 바람 따라 떠나시는규 엄니

가기 전에 서운한 말

한 마디만 들려달라고 아부지는 피울음 쏟고

높은 성적 받아왔으니

보아달라고 철없는 막내는 몸부림쳐유

보시는규, 모두들 엄니에게 못 갚은 덕을

한꺼번에 풀고 있는 이웃들의 몸 둘 바 모르는 몸짓들인데

친정집 빚 떼먹은 죄루다

이십 년 넘게 코빼기도 안 보이던

막내 고모도 갚지 못한 가난

지 몸 물어뜯으며 저주하구유

시집오면서 청산과부 올케에게

피눈물로 맡겨났다던 열 살짜리 막내삼촌도

어른 되어 돌아오셨슈

보시는규, 엄니만 일어나시면

사는 죄루다 못 만난 친척들의

그리움 꽃 활짝 필 흙빛 얼굴들을

　　지극히 불행한 시대와 불우한 개인의 전기적 생애가 미학의 형
식을 불러들인다고 말한 이는 헝가리 태생의 문예 사상가 게오르
그 루카치였던가. 나는 이 진술에 기대어, 궁핍하고도 지리멸렬
하게 전개시켜온 내 시문학의 기원과 배경과 이력을 감히 다음과
같이 말하고자 한다. 1980년대 중반 내가 시에 입문하고 시를 운
명으로 받아들인 것은 문학에 대한 각별한 의지에서 비롯된 것이
아니라 내 개인의 특수한 환경에서 말미암은 것이었다고. 요컨대
내가 시를 찾아나선 것이 아니라 어느 날 불쑥, 넝마의 생활 속으
로 시가 얼굴을 내밀어왔던 것이다. 이 말을 너무 거창하게 받아
들일 필요는 없다. 오해가 없기 바란다. 내가 무슨 시대의 운명을
타고난 시인이었다,라는 뜻이 절대 아니다. 불우하고 또 불우한
개인의 특수한 환경이 자연스럽게 시를 불러들였다는 말 정도로

이해해주길 바란다. 다만 그것(환경과 시의 만남)은 어떤 의지의 작용이라기보다는 우연처럼 이루어졌다는 것. 더러 생활은 소용돌이와 같아서 벗어나려 안간힘 쓰면 쓸수록 더욱 굴레에 말려들게 된다. 작동중인 에스컬레이터를 역방향으로 오를 때의 느낌이랄까. 도망쳐온 거리에서 돌아보면 늘 그 자리였다. 그럴 때마다 좌우를 살펴보면 그림자처럼 부지런히 뒤따라온 시가 연민에 가득 찬 얼굴로 땀에 젖은 나를 응시하고 있었다.

내 스무 살을 색으로 표현한다면 그것은 온통 잿빛 일색이었다. 어머니를 종산에 묻고 돌아온 그날 밤 달빛이 하얀 문창호지를 뚫고 들어와 얼룩덜룩한 벽면에 알 수 없는 상형문자를 그려내고 있을 즈음 나는 잠든 식구들 몰래 일어나 방구석 저 홀로 외로운 앉은뱅이책상 위에 놓인 부의록賻儀錄을 끌어다 빈 페이지를 열고 위 시편을 썼다. 시가 무엇인지 전혀 모르는 상태에서 그냥 감정의 응어리를 토해내었다. 미적 형식을 전혀 고려하지 않은 채 안에서 시키는 대로 날것의 감정을 여과 없이 쏟아낸 것이다. 나는 그렇게 시에 대한 이렇다 할 배경지식도 없이 마구잡이로 작품 아닌 작품 하나를 얼렁뚱땅 지어냈던 것이다. 아니 지어낸 것이 아니라 내 안의 응어리진 울컥을 토해낸 것이다. 이후 이 울컥은 어찌 어찌하여 대학 교지에 실리게 되었다. 이렇게 해서 비록 어설플망정 문자로 기록한 이 시편은 내 처녀작이 되고 말았다. 돌이켜보건대 이 시는 최초로 내 시의 자궁을 찢고 나온 시 이전의 시, 즉 시의 무녀리(그것도 임신 기간을 미처 다 채우지 못하고 나온 팔삭둥이)로 두고두고 떠올릴 때마다 내 낯을 민망하게 만들고는 있으나 모자라면 모자란 대로 제 도리를 다한 자식인 데다 엄연히 내 시의 가계사에 등재된 장자이고 보니 함부로 내칠 일이 아닐뿐더러 그 모자란 체수 때문에 은근히 정이 더 가는 터여서 여지껏 남모르게 그 어느 잘난 자식들보다 품에 가깝게 지녀온 것이기도 하다. 이 시편 이후 나는 어머니를 제재로 한 제대로 된 시 한 편을 아직 쓰지 못하고 있다.

이재무

동국대 국어국문과 석사. 1985년 《문학과 사회》, 《실천문학》을 통해 작품 활동을 시작하였으며, 시집으로 『섣달그믐』, 『온다던 사람 오지 않고』, 『벌초』, 『몸에 피는 꽃』, 『위대한 식사』, 『시간의 그물』, 『푸른 고집』, 『저녁 6시』, 『경쾌한 유랑』이 있다. 시선집으로 『길 위의 식사』, 『오래된 농담』, 연시집 『누군가 나를 울고 있다면』, 시평집 『사람들 사이에 꽃이 필 때』, 산문집 『생의 변방에서』, 『세상에서 제일 맛있는 밥』 등이 있다. 윤동주 문학대상, 소월시 문학상, 난고 문학상, 편운 문학상 등을 수상하였다. 불교신문 전 논설위원, 한신대 대학원 서울디지털 대학 등에서 시창작을 강의하고 있다.

• 이정란

무화과
여인

　　　　　　체구는 작지만 몸이 재고 부지런한 그 여인
은 신명이 아주 많았다. 춤도 잘 추고 노래도 좋아하고 놀러 다니
는 것도 아주 좋아했다. 요즘 말로 하면 끼가 다분했다. 여인은 아
들딸들에게 치부책이라고 부르는 옆이 빨갛게 칠해진 두꺼운 공
책에 이미자나 문주란, 김상진 노래의 가사 적는 일을 숙제처럼
내주곤 했다. 그러나 좋아하고 잘하는 그런 것보다 선천적으로
약하고 작은 체구로 집안 살림하랴 돈 벌러 다니랴 각박한 삶을
살았다. 이 땅의 많은 여인들이 그랬던 것처럼. 하지만 아무리 삶
이 각박하다 한들 여자를 포근하게 감싸 안는 사랑이 옆에 있어만

준다면 그런 것쯤은 한 주먹에 날려 버릴 수 있는 것인지도 모른다.

여인의 인생을 가장 힘들게 한 것은 가난 그리고 별명이 '로맨스 파파' 였던 남편의 바람기와 나쁜 술버릇이었다. 여인의 인생은 그런 남편으로 인해 조마조마한 날이 많았고, 자식들은 그 조마조마가 빚어낸 열매를 주워 먹으며 각자 성격에 맞는 우울빛을 가슴에 간직한 채 자라났다.

여인이 행복했던 시절을 자식들은 별로 기억해 내지 못한다. 가장 맏이인 큰딸의 기억에도 엄마의 행복한 모습이 별로 꺼내지지 않는 것으로 보아 말하기조차 아까울 정도로 아주 짧은 순간이었다고 말하는 게 맞을 것이다.

여인의 이름을 호명하며 지나간 그녀 인생을 더듬어 보는 일은 어쩌면 여인에겐 수치스러운 일일 수도 있다. 좋고 행복했던 일보다는 남에게 말하지 않았던 비밀스러운 일들이 들추어지므로 입안에 쓰디쓴 침이 고이는 일일 것이다. 하지만 여인이 이 세상 인연과 이별한 지 벌써 14년, 저 높은 하늘나라에서 내려다본들 새삼스레 어떤 감정에 싸이겠는가. 다 지난 이야기, 오래된 벽화처럼 온기 없는 문양뿐인 것을. 한때 그랬느니라, 다 부질없느니라, 여인은 웃음으로 넘겨보리라.

"어느 날 갑자기 사라질 거니까 그때 날 찾지 마라."

여인은 곧잘 질곽한 삶을 그렇게 푸념하곤 했다. 셋째 딸년은 '듣기 싫으니 그 말 좀 그만하라'고 쏘아 붙이곤 했는데, 여인은 그 말을 마치 실행이라도 하듯 보란 듯이, 향년 일흔다섯을 꽉 채운 12월 어느 날 아침에 쓰러져서는 바로 그날 저녁에 영영 하늘나라로 가버렸다.

셋째 딸의 기억으로 그 여인과 관계되는 첫 번째 큰 사건은 딸이 초등학교 저학년이던 어느 날의 일이다. 들어 보기로 하자.

엄마보다 젊지만 엄마의 단아한 미모에는 한참 못 미치는 웬 여자가 내 또래의 남자 아이와 내 바로 아래 남동생 또래의 남자 아이를 데리고 우리 집에 왔다. 아버지는 출근하고 안 계시고 엄마와 그 여자가 집안에서 얘기를 주고받는 동안 작은언니와 나, 남동생은 밖에서 놀고 있었다. 저녁이 되자 여자는 데리고 왔던 남자 아이 둘을 우리 집에 남겨두고 혼자 가 버렸다. 이후 여자는 가끔 단팥빵이며 곰보빵을 한 보따리 놓고 가곤 했다. 그 빵이 먹고 싶어 좀 달라고 하면 엄마는 단호하게 거절하며 우리들을 혼내기만 했다. 엄마는 단 한 번도 그걸 우리들에겐 주지 않고 작은 소리로 '미친년, 지 새끼들 굶길까 봐……' 중얼거리며 새로 온 두 아이에게만 먹였다. 그리고 얼마 후, 엄마는 며칠 동안 정성스럽게 버선에 꽃수를 놓기 시작했다. 울긋불긋 화려한 색실로 수놓아진 하얀 버선 두 켤레. 코가 오똑한 그 꽃버선은 가고자 하는 곳 어디든 갈 수 있는 은하수의 쪽배 같아서 슬그머니 발을 집어넣어 보고 싶었었다.

"꽃버선 신고 시집가면 잘 산단다."

그러니까 사내아이 둘을 데리고 갑자기 나타난 그 여자는 남편의 숨겨진 여인이었고, 여인의 집에 남겨진 두 남자 아이는 남편과 그 여자 사이에서 태어난 아이들이었다. 여인은 큰소리 한 번 안 내고, 아니 못 내고, (남편이 호랑이같이 무서워서) 남편이 바깥에서 낳아 데리고 온 아이를 그것도 둘씩이나 그저 받아들여 키우는 수밖에 없었다.

여인은 첫딸을 낳고 그 아래로 아들 둘을 낳았지만 안타깝게도 두 아들은 어린 나이에 죽고 말았다. 그리곤 연이어 딸 둘을 더 낳아 시부모에게 아들 못 낳는다고 구박을 받았다. 그때에 맞추어 남편은 바깥에 여자를 두어 아들 둘을 낳았고, 그 애들이 커서 학교 갈 때가 되자 여인의 집으로 데리고 온 것이었다. 바깥에서 낳은 손자 둘을 어화 둥실 끌어안고 좋아라 하던 시부모는 이미 세상을 뜬 다음의 일이었다.

"휴우~!"

여인의 한숨은 길고 깊었지만, 셋째 딸은 갑작스러운 그때의 일을 이해하고 말고 할 판단력을 갖기에는 너무 어린 나이였다.

"니 아버지는 가는 데마다 여자가 따라붙는단다."

답답할 때마다 점을 보며 속을 풀곤 하던 여인의 이 말은 남편의 바람기를 운명으로 받아들일 수밖에 별 도리가 없다는 말과 같은 말이다. 여인은 양순하고 순진한 성품을 가져 세상과 대립해 투쟁하기보다는 자기 앞의 생을 끌어안고 속으로 삭이며 사는 쪽이었다. 여인의 체구가 작다고 말했지 않은가. 여인의 작은 몸은 아마 체구의 몇 백배쯤 되는 동굴로 들어가는 입구이거나 느닷없이 불어닥치는 바람을 빨아들여 어디론가 치워버리는 블랙홀의 입구라고 생각하면 딱 맞는 말이다. 모든 현상의 입구는 그 실체보다 훨씬 작은 법이어서 여인은 작은 몸으로 큰 바람을 막는 삶을 평생 되풀이하였다.

남편이 국가공인기술자로 한창 전쟁 중인 베트남에 5년 가 있는 동안 여인은 남편이 부쳐 주는 돈으로 알뜰살뜰하게 살림해 재산도 늘리고 마음 편히 옆집 아낙들과 수다도 떨고 비교적 평온하게 살았다. 그런데 셋째 딸이 이해할 수 없는 것 한 가지, 남편이 없는 동안 여인이 계룡산이며 속리산을 떠돌며 신 내림을 받으려한 일이다.

딸의 초등학교 시절의 이야기니 여인의 나이 40대 중반, 여자로서 한참 물이 올랐을 때의 이야기다. 집안에서 수시로 굿판이 벌어졌지만 어린 시절에는 뭣도 모르고 지나가고 철들어 딸이 여인에게 '엄마 그때 왜 그랬느냐'고 물었을 때 여인은 짧게 한마디만 했다.

"니 아버지와 살기 싫어서."

지금은 흔한 일이 되었지만 예전에는 여자들에게 이혼은 생각도 못 할 일이었으니, 탈출구를 그쪽에서 찾은 것 같은데. 탈출구를 찾으려면 남편이 옆에서 한창 속을 썩이고 있을 때 찾아야지, 속 썩이는 남편이 옆에 없어 편하게 잘 지내고 있는 때에 찾는단 말인가? 그때의 이야기는 여인의 깊은 상처를 후비는 것 같아 더 이상 묻지 않았지만 지금까지도 의문부호를 가진 채 이해하지 못하는 미지의 영역으로 남아 있다.

남편이 베트남에서 돌아온 이후 여인은 마음속에 모셔 두었던 부처님을 내보내고 남편의 직장 때문에 경기도 수원으로 내려와 살던 삶을 접고 남편의 본적지인 서울로 다시 상경해 살게 되었다.

베트남에서 돌아온 남편은 그간 모아 두었던 자금을 기반으로 서울에서 새로운 사업을 벌였으나 그다지 번창하는 것 같지 않았다. 술 좋아하는 남편은 여전히 술에 취해 늦게 들어오거나 종종 외박을 하곤 했으며 술에 취해 들어온 날이면 여지없이 가족들을 괴롭혔다. 특히 세 아들을 고문하는 수준으로 괴롭히는 것을 보면서 여인과 딸들은 너무 고통스러웠다. 걱정거리는 무성한 가지에 예쁜 꽃을 달고선 여인 곁에 머물기를 즐겼다.

어느 날, 여인이 무슨 약인가를 입에 털어넣고 얼른 물을 들이키는 모습을 셋째 딸이 보게 되었다. 뭔가 이상한 느낌을 받고는, 엄마 뭐야, 하고 말했지만 여인은 얼른 나가라며 딸을 밀어냈다. 돌아서는 딸년 가슴에 몹시 절망스러운 여인의 표정이 선명하게 찍혔다. 여인은 낮에 고운 한복을 입고 사진관에서 사진을 찍고 돌아온 직후 약을 삼킨 것이었다. 그리고 열흘 동안 여인은 깊은 잠을 아주 달게달게 머금고 있었다. 여인의 남편은 무거운 침묵으로 입을 잠근 채 아내에게 약을 사다 먹이고 미음을 쑤어 먹이며 단잠에서 건져내려고 무진 애를 썼다. 여인이 단잠을 머금기 전에 그런 정성을 바쳤다면, 그것이 제대로 된 순리인 것 같은데, 왜 순리를 따르는 행동은 그렇게 한발 늦게 와 스스로 자신의 뒤통수를 때리는 것인지.

그 일은 며칠 전의 한 사건에서 비롯된 것이다. 갓난아이를 가운데 두고 여인과 여인의 남편과 어떤 여자가 마루에 앉아 있었는데, 분위기가 아주 심상치 않게 무거웠다. 아기 엄마는 침묵 사이 사이에 돌 던지듯 무언가 채근하는 말을 던져 놓았고, 여인의 남편은 칭얼칭얼 우는 아기를 끌끌 혀를 차며 달래곤 하였다. 직감적으로 딸은 여인의 남편이 또 일을 저질렀구나 생각했다. 어떤 합의가 이루어졌는지 모르겠지만 저녁이 되자 아기 엄마는 아기를 데리고 조용히 사라져 주곤 이후 다시는 나타나지 않았다. 그 일은 다른 자식들은 아무도 못 보고, 속 깊고 입 무거운 셋째 딸 눈에만 목격되었다.

그 무렵 큰딸이 이혼을 하고 남매 둘을 데리고 여인 집에 몇 달 머물렀다. 다행인지 불행인지 손주들과의 정이 뼛속 깊숙이 스며들기 전에 손주들은 그들 아버지에게 보내졌다. 여인이 내색을 많이 하진 않았으나 이혼이 귀한 몸이던 시절 큰딸의 파경에 여인의 가슴이 얼마나 문드러졌는지 눈치 빠른 자식들은 눈으로 보고 마음으로 느낄 수 있었다. 한 가정의 파경은 당시의 사건으로 끝나지 않고 살아 움직이는 생물처럼 오랫동안 여러 사건을 거느리며 그늘을 퍼트리는 것이 본성인 것. 당연히 여인의 마음 안자락엔 색깔 다른 그늘이 여러 겹 짙게 깔렸고, 셋째 딸 가슴속엔 결혼 생활에 대한 깊은 회의감이 깃들여 20대 중반 결혼하기 전까지 검은 그림자로 오랫동안 머물러 있었다.

남편이 벌인 사업은 번성하지 못하고 점점 기울어 집의 평수를 줄여 몇 번 이사를 거듭하더니 급기야는 방 한 칸에서 일곱 식구가 함께 사는 지경에까지 이르렀다. 여인은 여인대로 힘들었고 성격이 예민하고 깔끔한 셋째 딸 인생 중 가장 예민해 있을 중, 고등학교 시절이었다.

작은 체구의 여인은 선천적으로 병약한 데다 궁핍한 살림에 일곱 식구의 뒤치다꺼리를 하자니 날마다 아프고 날마다 휘청거리는 생활이었다. 가장으로서의 역할을 제대로 하지 못한다는 자책감에선지 남편은 날마다 술이고 밤마다 못된 술버릇을 부렸다. 그런 환경을 속으로 싸안으며 딸년은 점점 더 내성적이 되어 갔고 여간해서는 남 앞에서 자신을 비롯해 자신의 가족이나 환경에 대해 이야기하는 것을 극도로 꺼리게 되었다.

"나가!"

남편은 처자식을 괴롭히다가 지치면 가족들을 모두 내쫓았다. 가족들은 무서워서 슬금슬금 가까이 사는 큰 시누이네로 몸을 피했지만 셋째 딸년은 "여긴 내 집이니까 아버지가 나가요!" 하며 정면으로 대들다가 결국 아버지와 둘이서 잠을 자는 형국이 되곤 했다. 그 일로 인해 셋째 딸은 독종이라는 별명을 얻었으나, 만약 그 시절 나가라 할 때마다 집 나가는 버릇을 들였다면 셋째 딸년은 그리 평탄하게 굴러가는 삶을 살지 못했을 것이다. 성격인지 팔자인지 훌쩍 집을 나가는 것이 참 싫었고 고모네로 쫓겨가 잠을 자는 일이 정말 자존심 상했다.

셋째 딸이 여인을 보호해야겠다, 여인을 위한 삶을 살아야겠다고 생각한 것은 아마 그때부터였으리라. 엄마의 모습이 안쓰러우면 안쓰러울수록 아버지에 대한 미움과 원망의 덩이는 커져만 갔다.

여인의 자식들이 다 나이를 먹을 만큼 먹은 후 술자리에서 여인의 남편에 대해 말하기를 '아버지는 약삭빠르지 못하고 정에 쉽게 이끌리는 사람, 그래서 미련하게 산 사람', 그랬다. 사실 그때만 해도 유전자 감식이니 뭐니 지금처럼 과학이 그리 발달하지 않던 때라 젊은 여자가 데리고 온 갓난아이가 여인 남편의 자식인지 아닌지 확인할 방법도 없고 뒷조사해 볼 생각도 못했고, 아닌 말로 돈 뜯어내려고 사업하는 남자에게 붙은 꽃뱀일 가능성도 없지 않았던 것이다.

뜨거워서 슬픈 도시락

여인의 남편 사업이 점점 기울어 대책없이 가난해져서 밀가루

수제비로 끼니를 해결하는 일이 잦다 보니 수제비 끓는 냄새만 맡아도 구역질이 나는 때도 있었다. 그것조차 없을 때 비로소 매끌매끌한 쌀밥을 먹을 수 있었던 건, 밀가루조차 살 형편이 안 되면 가까이 사는 큰 시누이가 쌀 한 포대를 보내 주었기 때문. 찬은 별로 없지만 식구들은 모처럼 윤기 흐르는 쌀밥을 먹으며 입을 호사시킬 수 있었다.

여인은 가끔 점심시간에 맞추어 도시락을 들고 셋째 딸 학교로 바삐 뛰어가곤 했다. 학교까지는 부지런히 걸어서 30여 분. 여인은 키가 작았지만 바지런했고 걸음걸이가 아주 빨라 문길동이라는 별명을 갖고 있었다. 여인의 성인 남평 문씨에다 신출귀몰한 홍길동 이름을 따서 붙인 별명이다.

쌀도 없고 밀가루도 없는 날 아침이면 딸은 아침밥을 못 먹고 학교를 갔다. 딸 아래로 아들 셋은 아직 중학생이기에 학교 끝나고 집에 와 점심을 먹지만 고등학교에 다니는 딸은 집에 오는 저녁때까지 굶어야 하니, 여인은 딸 배고픈 것의 몇 배 이상 가슴이 아파 가만히 앉아 있을 수가 없었다. 딸년은 잘 안다. 아침 굶고 학교 간 딸을 위해 옆집에 가 쌀을 꾸어다가 부랴부랴 밥을 지어 학교로 가지고 온 여인의 마음을 슬프게 잘 안다.

반 아이들이 차가운 도시락을 먹을 때 혼자 김이 솔솔 나는 뜨거운 밥을 먹을 때의 심정을 딸년은 이렇게 기억하고 있다. 뜨거워서 슬픈 도시락, 뜨거워서 마음이 시려운 도시락!

오래전에 지나간 일로 인한 슬픔은 감정이 아니고 화석일 뿐이다. 지나가고 없는 과거의 일로 어떤 감정을 갖는 건 현재 눈앞의 삶에게 미안하고 부끄러운 일이다. 지금 여기에서 일어나는 일들에서 얻는 기쁨이 가장 큰 기쁨이고 또 가장 큰 슬픔이라, 지나간 일에서 얻는 눈물은 눈물이 아니다. 재색의 회상일 뿐.

그곳은 아직 먼데

여인은 다시 한 번 더, 저승 문고리를 잡아당겨 스스로 죽음의 문을 열려 했다.

여인에게 가장 소중한 사람은 무엇보다 자신이 배 아파 난 아들. 여인의 아들은 어릴 때부터 유난히 엄마의 치마폭을 떠나지 않는 숫기 없고 내성적인 아이였다. 남편의 외도로 낳은 아들 둘은 꼭 둘이서만 뭉쳐 다니길 잘해, 여인의 아들은 여인의 치마를 잡아당기며 '나도 같이 놀고 싶어' 하며 보채곤 했다. 자신의 아들 때문에 그 아이들이 소외당하는 것이 아니라 반대로 그 아이들 때문에 자신의 아들이 소외당하는 모양새였다. 숫자로도 그랬다. 이쪽은 하나 그쪽은 둘. 아침상을 물리고 나면 두 아이는 어느 결에 나가 보이지 않아 어떻게 할 방법을 찾지 못해 속이 많이 타곤 했다.

그 아들이 어느덧 성장해 결혼해서 여인은 새 며느리와 함께 살게 되었다. 며느리는 아침 일찍 아들이 출근하는 것만 보고는 다시 잠자리에 들어선 아침 늦게까지 일어나지 않는 일이 반복되었다. 여인은 아침잠이 많은 며느리를 깨우지도 못하고 속 태우기를 여러 달. 잘 때 자더라도 아침밥을 먹고 자라고 깨워 보았지만 아무 소용없었다. 별로 달갑지 않은 표정으로 말도 별로 없었다. 말하기 좋게 아침잠이지 그건 여인의 힘으로 깨부술 수 없는 두터운 벽을 만들어 가고 있었다. 가끔 여인의 언니들이 놀러 오는 날이면 빼꼼 나와 인사만 하고 방으로 들어가서는 나오지도 않았다. 그런저런 여러 일로 여인의 가슴은 까맣게 타들어 갔다.

여인은 일을 마치고 밤늦게 들어오면 몸이 여간 고단하지 않아 잠에 곯아떨어지곤 했지만 아침에 늦게 일어나는 일은 평생에 한 번 있을까 말까 할 정도로 바지런한 사람인데 그날은 아침이 지나 낮이 되어가도 잠에서 깨어나지 않았다. 며느리는 깊이 잠든 것이라 생각하곤 더 눈여겨보지 않았다. 그런데 아들이 퇴근하고 들어온 밤이 되어서도 깨어나지 않자 아들은 이상한 낌새를 느끼곤 병원으로 업고 달렸다. 위세척을 하고 며칠 입원해 있으면서 기력을 회복했지만 가족들 마음에 깔린 우울한 그림자는 그보다 더 늦게까지 서성거렸다.

여인의 마음은 더, 더했으리라는 것을 알고 가족들은 사연을 더 캐지 않았다. 아들 며느리에게도 더 이상 어떤 말도 묻지 않았다. 자초지종이라고 털어놓을 만한 큰일이 분명히 없는 상황에서 무슨 말인가를 더 하게 되면 그 말은 날카로운 무기로 변해 서로의 마음을 찔러 깊은 상처를 낼 가능성이 큰 것을 알기 때문이다. 다만 여인의 인생에 그 아들에 대한 기대치가 얼마나 컸었는지, 그 아들이 여인의 인생을 뒤바꿀 수 있을 만큼 여인 인생의 전부였다는 사실을 가족들은 더 확실히 깨닫곤, 그런 결단을 내린 순간 여인의 절망감이 얼마나 컸는지 그것을 헤아려 주는 것이 더 나은 일이라 여긴 것이다.

며느리는 시부모와 함께 사는 것을 전혀 원치 않아 시부모 봉양하는 삶에 큰 부담을 느껴 남편에게 독립해서 따로 살자고 졸랐지만, 아들은 자기가 부모를 모시고 살아야 한다는 의무감을 갖고 있어 부모 곁을 떠난다는 생각은 해본 적이 없었다. 둘 사이에는 그래서 그들만의 갈등과 분열이 분명히 있었다.

그즈음 며느리는 결혼 2년 만에 어렵게 임신을 했고, 입덧이 좀 심해 쇠약해진 여인을 돌볼 상황이 안 되어 여인은 당분간 셋째 딸네 집에 가 있기로 했다. 여인의 남편은 지방 건축 현장에서 기술자로 일하고 있을 때라 며느리 입장에서는 가끔 집에 들르는 시아버지만 신경 쓰면 되니 한결 더 편해진 것이다.

그런데 여인은 몸이 완전히 회복된 이후에도 집으로 돌아가고 싶지 않았다. 딸이 누구보다 엄마 마음을 잘 알아주어 편했고, 사위가 이해심이 많고 성격이 사근사근해 눈치 볼 일도 없으니 그냥 저냥 딸네 집에서 사는 게 좋았다. 여인의 맘을 잘 파악하고 있는 딸은 엄마에게 이제 그만 집으로 가시라는 말을 차마 할 수가 없었다. 그러다 보니 중간에서 마음이 편치 않은 건 여인의 남편이었다. 주말이면 집에 올라오는데 아들 며느리도 좋지만 그래도 마누라 얼굴 보는 것이 더 좋은지라 발길은 자연히 딸네 집으로 향했다. 딸네 집에서 아내 얼굴 보고 다시 집에 가 하룻밤 자고 월요일 새벽에 일터로 가고 하다 보니 어쩐지 정처 없는 신세가 된 것 같았다. 참 쓸쓸하고 허전한 생활이었다.

그렇게 딸네 집에 있으면서 여인의 인생은 모처럼 편하고 행복해 얼굴이 환하게 피었다. 손에 물 안 묻히고도 입으로 밥이 들어갔고, 아침밥 먹은 후 뒷산으로 여유 있게 산책도 즐겼고, 일이 바쁘니 도와달라고 부탁이 올 때만 일을 나갔다. 통장에 잔고가 제법 쌓여 갔고 환갑을 넘기면서부터는 남편의 성질도 한층 꺾였을 뿐 아니라, 떨어져 있다 가끔 만나니 그런 대로 볼 만했다. 친구들을 불러다 딸네 집 거실에서 오디오 크게 틀어놓고 춤추고 논 날의 기쁨은 두고두고 회상할 만치 큰 것이었다. 사위는 더 노시라고 부추기는데 딸은 이웃사람들한테 시끄럽고 창피하다고 핀잔 주어 참 아쉬웠다. 그렇게나 신명이 많았던 여인.

김소희 명창의 구음시나위를 혼자 듣기 아까워

세면실 문을 활짝 열어젖혔다

마침 목욕을 하고 있던 어머니

좋구나 하면서 장단 맞추어 몸을 씻다가

겨운 흥을 어쩌지 못하고 일어나

나붓나붓 춤을 추었다

속살 주름 사이사이에서 바알간 등이 켜지고

사랑을 마감한 지 오래된 배꼽에서 신명의 알들이 쏟아져나

왔다

침이 가득 고인 내 입에선 새콤한 웃음이 오,호,호, 터져나왔다

「무화과」 부분

모처럼 여인의 행복이 만발하는가 했는데 사위 사업이 기울어 딸네가 집을 줄여 이사를 하게 되어 여인은 5년 만에 다시 아들 며느리가 있는 집으로 돌아가야만 했다. 여인의 가슴은 말로 표현할 수 없이 아팠다. 딸네 집에서 마지막 잠을 자는 날은 몸에서 수분이 일시에 다 빠져나가 갑자기 몸이 쪼그라드는 느낌이었다.

그 즈음의 2년 동안 여인의 세 아들이 잇달아 마치 시합이라도 하듯이 가정 파탄이 났다. 이유는 각기 달랐지만 못으로 가슴을 후비는 통증은 똑같았다. 여인은 별수 없이 며느리 대신 손자를 돌보아야만 했다. 손자를 데리고 딸네 집에 자주 가 답답한 가슴을 풀긴 했으나 점점 커 가는 손자를 혼자 돌보기에 벅차 딸네 집과 걸어서 3분 거리에 있는 곳으로 이사를 했다.

손자는 성격이 까다롭고 신경이 예민한 데다 아토피성 피부염이 있어서 밤마다 몸을 긁고 울며 보챘다. 여인은 아들을 키울 때 그랬던 것처럼 그저 예쁘고 귀하다며 응석 받아줄 줄은 알아도 손자 야단칠 줄을 몰랐다. 손자는 엄마 사랑을 받지 못하고 자라는

환경으로 인한 헛헛한 마음을 여인에게 다 풀었다. 여인의 얼굴이나 팔에는 아물지 않은 손자의 손톱자국이 한두 군데 꼭 나 있었다. 속상한 딸이 그럴 때마다 혼내주라고 했지만 여인은 그저 '불쌍해서……'로 답하면 그만이었다.

어느덧 손자가 초등학교에 들어가고 여인의 남편은 40대부터 앓아 온 천식이 심해져 병원에 입원하는 일이 몇 번 반복되었다. 여인의 체중은 조금씩조금씩 가벼워지고 머리칼에서 검은 머리는 거의 찾아볼 수 없을 정도로 하얘졌다. 언젠가부터는 딸에게 이상한 말을 하기 시작했다. 퇴근해 들어온 아들이 짜증을 낸다고 하면서 "걔는 누구 집 아들인지 모르겠어." 하고 말하거나, 딸이 반찬을 해다 주면 그날 저녁 아들에게 "저기 옆집에 사는 어떤 아줌마가 주고 갔어." 그리고 딸네 집에 가서 5분 정도 앉아 있다가 집에 갔다가 금방 또 딸네 집으로 가는 일을 하루에 서너 번씩 반복했다.

12월 초의 어느 날 이른 아침에 여인은 딸네 집으로 부지런히 뛰어와서는 3만원을 쥔 손을 펴며 딸에게 애원하듯 말했다.

"아는 아저씨가 병원에 입원해 있는데 당장 보러 가야 돼. 나 좀 데려다 줘, 응?"

딸은 눈에 고이는 눈물 때문에 시선을 맞추지 못한 채 엄마를 달랬다.

"지금은 너무 이른 아침이라서 갈 수 없으니까, 나중에 가요……"

여인은 '가야 되는데, 꼭 가야 되는데'를 계속 반복하며 못내 아쉬워 발을 동동 굴렀다.

그때 여인의 남편은 겨우 사람 말을 알아들을 정도의 의식을 가진 식물인간 상태로 대학병원 중환자실에 입원해 있었다. 여인은 그런 상황을 정확히 알 정도로 정신이 맑지 않아 막연하게 어떤 아저씨를 꼭 봐야 한다고 딸에게 매달린 것이다.

이튿날 여인은 딸네 집에 오지 않았다. 딸은 하루에도 몇 번씩 오가던 엄마가 오지 않자 궁금해 집으로 찾아갔다. 집에는 아무도 없었다. 해가 기울어도 여인은 돌아오지 않았다. 부랴부랴 경찰서에 신고한 지 두어 시간 만에 연락이 왔다. 집 근처 산책로를 따라 하염없이 걷다가 갑자기 낯선 곳에 이르러 당황해서 두리번두리번하는 걸 마침 순찰하던 경찰의 눈에 띄어 근처 파출소로 모시고 가 보호자 연락을 기다리고 있던 차였다.

집으로 모시고 와서 왜 그렇게 멀리 갔느냐고 묻자,

"저쪽에서 누가 자꾸 나를 불러……"

그리고 이틀이 지난 아침나절에 여인은 갑자기 현기증을 느끼며 쓰러져서는 바쁘게 그날 저녁에 하늘나라로 올라갔다.

여인은 학문 깊은 한학자 아버지의 자손 팔 남매 중 여섯째로 태어나 어린 시절에 어머니를 잃고 부뚜막에서 새엄마의 눈칫밥을 먹고 자라나, 가세 기운 전주 이씨 양반집 종가의 맏며느리로 시집와 드넓은 사막을 걷고 또 걷다가 갈 데까지 가서야 무릎을 꿇고 쓰러진 한 마리 낙타였다.

쓰러진 엄마를 집 근처 병원으로 모시고 갔는데 큰 병원으로 모시고 가라고 해 강북삼성병원을 거쳐 신촌 세브란스병원으로 갔다가 그곳 응급실에서 임종하셨다. 그때 아버지는 그 병원 중환자실에서 아내가 죽은 사실도 모른 채 누워 있었고, 엄마는 남편이 그곳에 누워 있다는 사실도 모른 채 돌아가신 걸 생각하면 지금도 무슨 소설 속의 이야기인 것만 같다.

그로부터 서너 달 전 엄마는 내게 이런 말을 했었다.

"머리부터 발끝까지 하얀 어떤 할머니가 니 아버지 어깨 너머에 앉아 있더라."

그 말을 듣는 순간, 멀지 않아 아버지가 돌아가시겠구나 하는 생각에 섬뜩했지만 내색을 하면 엄마 마음이 상할까 봐서 능청스럽게 "딴 데로 가요, 하고 내쫓지 그랬어." 하고 말을 받아넘겼다.

그리고 며칠 지나더니 "현관에도 할머니 하나가 또 있어. 우리 집에 하얀 할머니가 둘이야." 하고 말했다.

그때만 해도 하얀 할머니가 둘이란 말을 지나쳐 들었는데, 엄마가 돌아가시고 딱 100일 후에 아버지가 돌아가신 걸 보니 엄마가 본 하얀 할머니 두 분은 우리 부모님을 데리고 갈 저승사자였던 것이다.

뜻하지 않게 엄마가 돌아가시고 얼마 지나지 않아 아버지도 곧 들어가실 것을 생각해서 엄마가 묻힌 무덤에 봉분만 올리고 떼를 덮지 않은 상태로 비닐을 덮어두었다. 떼 없이 붉은 흙무덤을 투명한 비닐로 덮은 모양을 돌아보며 산을 내려온 기분은 정말 뭐라 말할 수 없이 씁쓸했다. 어쩌면 죽음이란 건 갑자기 오는 것이 더 자연스러운 일인 것 같다.

아버지에게 매일 가던 면회를 엄마 장례를 지내는 3일 동안은 가지 못했다. 아버지에게 뭐라고 핑계를 댈까 궁리한 끝에 몸살이 나서 오지 못했다고 둘러대고, 한 달 정도 지난 후에야 엄마가 돌아가셨다고 고백하자 아버지 눈꼬리에서 눈물방울이 주르륵 흘러내렸다. 그 눈물을 다 이어 봐야 2미터나 될까, 아주 짧은 순간의 뜨거움이지만 함께 사시는 동안 엄마에 대한 그리움과 후회와 용서와 자책 등이 한데 섞인 회환의 감정이 그 안에 다 담겨 녹

아내렸으리라.

엄마는 생전에 '나 죽으면 니 아버지와 합장하지 마라'를 유언 장 제1항으로 내세웠지만, 돌아가실 무렵 있었던 약간의 치매기 는 그런 사실조차도 망각시켰고, 또 아버지로 인해 아프고 힘겨웠 던 모든 일들까지도 다 잃어버린 채 가셨다, 맑게.

엄마는 내 안에 있다

이제 와 엄마를 다시 불러 보는 일은 온전히 그리움의 몫이다. 슬픔과 아픔은 최소한의 두께로 옅어 있다.

여자는 '스스로 엄마가 되었을 때' 비로소 온전한 딸이 된다. 자식을 낳음으로써 엄마가 되는 것은 스스로 엄마가 되는 일이 아 니다. 자식들을 어느 정도 키운 시점에 자기 안에 '엄마'가 있는 것을 느낄 때가 바로 '스스로 엄마가 되는 때'이다. 남자들은 반 대로 자기 안에서 아버지를 발견하는 때가 있을 것 같다.

그러니 엄마 이름을 불러 보거나 사랑하는 일은 내 안에 있는 엄마를 그리워하는 일이고 결국 내 스스로를 깊이 사랑하는 일이 어서 엄마에 대한 그리움은 나에 대한 사랑과 늘 겹쳐 나타난다.

그것이 여자를 끝끝내 신비롭게 하고 강하게 하는 원천인 것 같다.

내 얼굴에 겹쳐 나타나는, 내 목소리에서 튀어나오는, 내 속에서 울울하게 번성하는 엄마를 느낄 땐 조금 촉촉해진 눈으로 웃으며 이렇게 말한다.

엄마! 기쁘고 가볍게, 사랑해!

이 정 란 1999년 《심상》 신인상으로 등단하였다. 시집으로 『눈사람 라라』, 『나무의 기억력』 등이 있으며, 산문집으로 『가슴밭에 두고 온 밤늘 1, 2』, 『시비로 만나는 아름다운 시』, 『간이역 풍경』, 『내 딸의 인생을 위하여』 등이 있다.

· 최금진

나와
어머니의 시

어머니가 영어 단어를 공부한다. 어머님은 자식의
말에서 숙제를 한다. 나는, 텔레비전을 크고 침대에
눕는다. 이제는 화분에 물을 주고 있다. 아아, 이 조
용하고 새으한 풍화가 오기까지 얼마나 독립고 참
담한 세월이 지나왔던가.

어머니 이야기를 쓰려면 나는 몇 번의 심호
흡과 관용과 이해심을 준비해야 한다. 나는 어머니가 부끄럽다.
나와는 다른 대범하고 호탕한 성격도 그렇지만, 어머니가 살아온
생을 옆에서 지켜본 사람으로서 어머니에 대한 애증을 갖고 있기
때문이다.

어머니에 대한 애증의 기원은 다시 과거로 돌아간다. 그 어느
때였던가. 스물다섯에 혼자가 되어 친정으로 쫓겨 간 뒤, 고등어
장사를 하셨던 때였던가. 어머니는 젖을 떼기 위해 가슴에 붉은
소독약을 바르고 젖에서 피가 난다고 하면서 내게 먹으라고 들이

댔다. 내겐 적잖이 충격적인 일이었었나 보다. 나는 그 장면이 이 나이에도 바로 어제 일어난 것처럼 선명하다. 믿었던 것에 대한 배신과 상처의 기록은 이후 어머니와 내가 서로 나누어 가진 공통의 지분이 되었다.

눈이 오던 날, 조부모께 쫓겨나 객지에서 돈을 벌며 살았던 어머니의 공장 생활도 얼핏 기억이 난다. 일 년에 한두 번 올까 말까 한 어머니를 나는 얼마나 그리워했던가. 설날 몇 번이고 잠에서 깨어 옆에 누워 있는 사람이 어머니이기를 얼마나 간절히 바랐던가. 얼마나 어머니와 함께 있고 싶었던가.

유년의 기억은 온통 어머니와 아버지의 부재로만 기록될 검은 책 같을 것이다. 주석 하나 달리지 않은 모든 페이지엔 내가 이해할 수 없는 불행과 절망이 가득 적혀 있고, 나는 이해할 수 없는 문장에 사로잡혀 인생을 한꺼번에 살아버리고 어느 날 늙어버린 애처럼 놀라 두리번거리고 있는 건 아닌지. 나와 스물두 살 차이가 나는 어머니는 이제 나와 같이 늙어간다. 나보다 늙지도 젊지도 않은 어머니와 같은 집에서 아웅다웅 다투며, 사랑하며, 미워하며, 늙어간다.

나는 어머니가 싫다. 어머니도 나를 불편해한다. 우린 오래 함께 같이 살지 않았다. 어릴 땐 중학교 시절까지 줄곧 나를 조부모

댁에 맡겨 두고 어머니는 일을 다니셨다. 물론 생계를 위해 여자의 몸으로 얼마나 많이 힘들었을 것인지 충분히 이해도 된다. 그러나 함께 없었다는 것, 있어야 할 것들이 없었다는 것은 끝내 결핍의 증거로만 남을 뿐이다.

텔레비전을 보며 졸고 있는 어머니를 본다. 어머니는 초등학교 졸업도 제대로 못한 분이다. 어머니는 농기계를 팔기 위해 트럭을 모셨던 분이며, 영업 택시를 몰았던 분이다. 나는 시를 썼다. 나는 어머니가 멍키스패너를 들고 자동차 부품을 만지고 있었을 때, 김소월을 읽고 한용운을 읽고 성경을 읽었다. 어머니가 생계를 책임지고 나를 키웠는지조차 불분명하다. 어쩌면 나는 혼자 살아온 것이 아닐까. 조부모께서 전부 다 나를 거둬주신 것이 아닌가. 어머니가 도대체 나를 위해 한 일은 무엇인가.

엄마는 오지 않았다

누나는 추워서 노루처럼 자꾸 웃었다 밤새

쥐들이 사람의 목소리로 문고리를 잡아당겼고

누나는 초경을 했는데 받아낼 그릇이 없었다

두부 같은 누나의 살들이 부서질까봐 나는

자꾸 이불을 끌어 덮어주었다

대접 속에 얼어붙은 강은 녹지 않았다

나는 벽에 걸린 엄마 사진이 부끄러웠다

뒷문을 열고 내다보면 하얗게 늙은 애들

군가를 부르며 지나갈 때마다

누나는 콩나물처럼 말갛게 속살이 익어갔다

밥상을 차리며

나는 눈물이 나왔다, 군불을 때면

아지랑이가 눈알 속에 피어오르고

거뭇거뭇해진 내 입 주위에도

변성기가 우르르 사나운 눈발처럼 달라붙었다

아아, 엄마, 나는 무엇을 잘못한 걸까요

밤이면 몰래 손톱으로 가려운 몸을 긁어댔다

엄마는 오지 않았고

겨울밤의 흰 문종이를 뚫고 몽유병처럼

신음소리를 흘려보내는 누나를 부둥켜안고

나는 오지 않은 봄을 향해 달려나갔다

엄마야…… 누나야…… (제발)

강변 살자……

그랬다. 어머니는 오지 않았다. 내가 운동회를 할 때도, 소풍을 갈 때도, 초등학교 졸업식을 할 때도 어머니는 오지 않았다. 어머니는 나와 누나를 위해 돈을 벌러 다닌 건지, 자신의 인생을 살기 위해 살아온 건지 물어본 적은 없다.

안다. 자식은 부모에겐 씻을 수 없는 치명적 기억이며 현존이다. 나도 그러니까 어머니도 그랬을 것이다. 그러나, 그랬을까. 어머니에게도 나는 치명적인 존재였을까. 목숨을 걸 만큼 안타까운 존재였을까. 모르겠다. 정말, 모르겠다.

1. 가난한 어머니

어머니는 손바닥만 한 땅만 있어도 무얼 심고 가꾼다. 그것이 무슨 업이라도 되는 양 정성을 다한다. 아파트 뒷산의 양지가 정말 몇 평 되지 않은 곳을 개간한 지 3~4년이 되었는데, 그곳은 옥토가 되었다. 물론 시청 소유의 땅이고 팻말까지 버젓하게 붙어 있다. "이곳은 ○○공유지로⋯⋯" 하지만 어머니는 콧방귀도 뀌지 않는다. 어머니 손톱은 시커멓게 흙물이 들어 있다. 아파트와 뒷산에 끼어 있는 자리이다 보니, 거름을 주면 으레 냄새가 3, 4층까지 올라오기 마련이다. 나오는 음식물 찌꺼기조차 거름용이니 음식물 쓰레기통을 들고 야트막한 뒷산을 오르내리는 걸 보면 사람들은 고개를 갸웃거릴 것이다.

가난의 증거다. 가난을 뼈저리게 겪어 본 사람들은 부지런할 뿐만 아니라, 먹을 것이 되는 것이면 무조건 아낀다. 나는 어머니가 가꾸는 작은 텃밭이 무얼 의미하는지 잘 알고 있다. 어머니는 평생 땅을 갖고 싶어 하셨다. 무허가로 지은 조부모님 집이 헐릴 위기에 있었을 때, 신협에서 빚을 내어 결국 그 집을 샀다. 작은 구멍가게를 하면서 벌어들인 소득으로는 어림도 없었지만 어머니는 그 빚을 다 갚고, 만나는 사람들을 붙잡고서 자랑을 했다. 우리에게도 집이 있고, 땅이 있노라고. 그게 불과 이십 년 전 이야기다. 열대여섯 평짜리 시골집을 어머니 소유로 가진 적이 분명히, 있었다. 땅에 대한 욕심은 존재에 대한 욕심이다. 자기 자신이 발딛고 선 곳을 자기 소유로 모든 사람에게 선언할 뿐만 아니라, 침입과 구속을 받지 않을 자유를 선언한다. 그게 집이며, 땅이다.

고향을 떠나면서 어머니는 집과 땅을 모두 처분했다. 오천만 원이 채 안 되는 돈이었으나, 그건 어머니 인생에게 가장 많은 돈이었으며 자랑이었다. 물론 그 돈은 지금 없다. 시인 아들을 둔 죄로 여기저기 옮겨 다니며 다 써버렸다. 물론 스물다섯에 직장을 잡은 나 또한 여기에 매달 월급을 다 쏟아부었으니 꼭 어머니 집만도 아니다. 하지만 이제 그 집과 땅은 없다. 돈도 없다.

식칼을 주머니에 찔러 넣고 언덕을 올라가는 밤

말도 안 통하고, 법도 안 통하고

애원해도, 울어도, 삼박사일 배 깔고 현관에 누워도

바퀴벌레 보듯 그 위를 타 넘어다니는

집주인 내외를 위해, 전세 육천만 원이 우스워죽겠다는 놈들을 위해

얼마나 황홀한 포도주 냄새가 나는지

깨진 병조각이 얼마나 깊이 살 속에 박히는지

재산 다 빼돌리고 부도를 낸 건달 출신 주인놈은

닭 잡아먹은 손으로 오리발을 내밀어 욕을 하다가

아이처럼, 내 날선 허리에 매달려 용서를 더듬는다

쥐며느리 같은 눈을 해 뜨고 기어나온 주인집 여자

뱃살에 기름이 끼어서 감마리놀렌산, 천연 토코페롤을 처먹는 여자

사람이 집 없이 사나 못 사나?

주춤주춤, 멈칫멈칫, 아다지오, 알레그로 알레그로

그리고 허겁지겁 뒤를 밟아온 식구들의

급하고도 느린 울음

바깥과 안, 나와 너, 그 어느 쪽도 후벼 파내지 못하는 지점에서

원심력, 구심력의 힘으로 춤추는 칼

말도 안 통하고, 법도 안 통하고, 울음도 안 통하는

주인 연놈들 앞에서 요동치는 내 복중의 착한 태아들과

먹구름을 열고 내다보는 죽은 아버지

칼이여

제발, 멈추어 다오

광주로 이사하면서, 우린 조금 남은 돈으로 빌라를 전세로 들어갔다. 그리고 우린 한 푼도 받지 못하고 그 집에서 쫓겨났다. 서류를 잘 볼 줄 모르는 나와 문서를 잘 볼 줄 모르는 어머니, 그리고 남은 건 악밖에 없었던 아내와 나의 합작품이었다. 탈탈 털리고 길바닥에 나앉은 것이 지금으로부터 6년 전이다. 나는 어머니가 싫었다. 나에게 아무것도 물려주지 못한 어머니가 싫었고, 나

의 가난이 싫었고, 싸움과 증오밖에 남지 않은 나의 삶이 싫었다.
산 뒤에 작은 텃밭에 집착하듯 어머니는 음식에 집착한다. 있는
날보다 없는 날이 더 많았던 어머니는 남의 집 사글세방에서 살아
도 냉장고와 쌀통만큼은 가겟집에서 가장 큰 걸로 골라 앉혀 놔야
직성이 풀렸다. 지금도 우리 집 냉장고엔 2년 전에 산 조기나 5년
전에 산 오징어가 그대로 들어 있다. 이유도 다양하다. "이건 아
까워서", "이건 손님 오면 내놓으려고", "이건 선물 들어온 거라
서."

　어머니가 가장 흐뭇해할 때는 둘 곳도 없는 베란다에 쌀을 두
포대, 세 포대 쌓아두는 것이다. 과부로 살아온 어머니에게 쌀이
란 생명줄과 같은 것이어서 독의 바닥이 보일라치면 심장이 멎을
것 같았다는 얘길 들었다. 하지만 지금이야 쌀을 못 살 지경도 아
니고, 남들 사는 만큼은 사는데 어머니는 지금도 그때의 그 흐뭇
함이 여전하다며, 쌀을 몇 포대씩 배달시키곤 한다. 말려도 소용
없는 일이다. 다투고 말려도 안 되는 건 안 되는 것이 있다. 그것
이 현재와 미래까지 지배하고 있는 상처의 성역이다.

아버지가 돌아가시고 혼자 남은 어머니는 한동안 아버지의 죽음을 인식하지 못하셨다. 잠자리에 들려고 할 때마다 아버지가 어머니를 문밖에서 불렀다고 한다. 어머니는 죽은 아버지가 너무나 생생하게 집안으로 들어와 날마다 밥을 먹고 함께 누우니 오히려 다른 사람들의 위로와 슬픔이 낯설었던 것이다.

나는 아직도 남편 잃은 어머니의 설움에 대해 잘 모른다. 어머니의 인생을 뒤바꿔 놓고 어쩌면 내 인생 전체를 송두리째 무너뜨린 이 설움에 대해 나는 어머니만큼 알지 못한다. 혼자 살아오면서 당했을 숱한 수모와 험담과 소문들을 나는 절대로 알지 못한다. 이 부분에 대해 나는 함부로 어머니 인생을 논할 자격이 없다. 어머니가 끝내 비밀로 부친 많은 모욕적인 사건들이 있다는 것을 안다. 그중 하나는 가까운 친지 중 한 사람이 과부 어머니를 찾아와 추행을 하려 했던 일이다. 나는 어머니가 얼마나 많은 일을 숨기고 있는지, 얼마나 힘들게 살아왔는지, 여전히 잘 모른다. 어머니는 필시 끝까지 입을 다물 것이다.

싸이나를 먹은 꿩들이 밭둑에 자빠져 있는 걸

소쿠리에 주워담는다

고모부가 나에게 근본도 없는 놈이라고 한 말은

저녁에 먹을 꿩고기를 생각하면 아무것도 아니고

약을 먹은 산꿩들이 아무렇게나 치박혀 누워 있는 저녁

슬픔이란 것은 태초부터 저렇게 맥없이 누워 있어

겨우내 쌓인 눈 위에 싸락눈은 내리고

굵은 꿩들이 숲속 어디에 숨어 이쪽을 내다보는 저녁

콩알 같은 불빛 한 점 찍어먹으며 누구나 견뎌야 하는데

아버지는 어째서 견디지 못했나

약을 먹고 넘어간 동공에 어린 나를 가득 담았을 것이나

결핍이 얼마나 채찍처럼 사나운지 아버지는 몰랐을까

(중략)

멀리서 꿩들이 꿩꿩, 제 이름을 부르며 우는 저녁

나는 머리를 오동나무에 대고

왜 이 모든 풍경들이 내 몸으로 흘러들어오는지가 궁금했다

해마다 눈은 내릴 것이고 꿩들은 배가 고플 것이고

나는 죽은 아버지 함자를 까먹지 않기 위해

손톱을 세워 나무에다 새겨넣었다

신경이 우는 저녁, 부분

이 모든 불행의 근원은 여전히 아버지 탓이다. 아니 그 누구의 탓도 아니다. 운명이 있다면 이 모든 불행의 원인은 운명 탓이다. 나는 첫 시집을 낼 무렵, 이 운명이란 것을 오래 생각해 보았다. 우리 집안은 원래 불교를 믿었다. 절의 주지로 있던 작은할아버지 영향으로 아버지와 아버지 사촌들은 모두 절에 가서 살다시피 했다. 그러다가 작은할아버지께서 조상들의 묘를 옮겼다. 이유는 모르겠다. 아버지와 아버지 사촌들 8명이 마흔이 되기 전에 모두 죽었다. 내 육촌들은 과부인 어머니를 두었거나 더한 경우 고아로 살아간다.

운명이 아니고서야 어떻게 이 많은 뜻밖의 불행을 이해할 수 있단 말인가. 이해할 수도 없고, 논리적으로 해석이 되지 않는, 더는 말로 할 수 없는 문제에 대해서, 어머니와 나는 운명을 믿는 편이 낫다는 것을 서로 잘 알고 있다.

어머니는 다 늦은 나이에 중학교 과정 평생교육원을 다니신다. 평균 수명이 긴 시대이므로, 게다가 여자들의 수명이 더 길기 때문에, 평생교육원은 온통 할머니들뿐이다. 그분들이 언제 혼자가 되었는지는 모르지만, 과부라고 불리진 않았을 것이다. '과부' 란 단순히 남편이 없는 사람을 지칭하는 것은 아니다. 그 말에는 멸시와 천대와 비웃음과 가득하다.

작은 구멍가게를 할 때, 어머니 몸을 함부로 쓰다듬던 못된 어른들과 나는 얼마나 싸웠던가. 고등학교 때, 한밤중에 경찰서까지 동행했던 적이 두 번 있었다. 술을 먹고 돈을 떼먹으려고 했거나, 함부로 어머니를 대했던 그 인간들과 마주 앉아 진술서를 쓰고 있을 때, 어머니는 어쩌면 자신을 지켜줄 아들이 있어 흐뭇했을까. 아니다. 어머니도 나처럼 모멸감과 부끄러움으로 세상을 다 부숴버리고 싶었을 것이다.

3. 어머니, 할머니

어머니도 늙는다. 나도 늙는다. 어머니 다리는 벌어졌고 허리는 약간 굽었으며, 매년마다 더 늙어가는 모습이 역력하다. 하지만 여전히 나는 어머니와 마주 앉아 밥 먹는 것이 불편하다. 나는 어머니와 진지하게 말하는 것이 싫다. 당연히 어머니와 사이좋게 늙어갈 거라는 생각도 하지 않는다. 내가 어머니께 짜증을 내는 모습을 아이들도 볼 것이다. 아이들은 나를 이상하게 생각할 것이다. 엄격하고, 무서운 아버지가 어린애처럼 제 어머니한테 반말로 말하고, 화를 내는 걸 이상하게 생각할 것이다. 어쩌면 속으로는 제 아버지를 심판하고 있을지도 모른다. 어쩌면 제 어머니한테 저렇게 함부로 하는 인간이 있을까, 그렇게 생각할지도 모른다.

최근에 아버지 제사와 조부모 제사를 지낸다. 오랫동안 나는 기독교인으로 살아왔다. 신을 믿지 않고 죽은 사람들은 모두 지옥에 간다는 믿음을 나치 추종자처럼 따르고 지켰다. 게다가 제사를 지내는 건 우상숭배라고 생각하여 고등학교 때, 할머니 살아계실 때, 근절시켰다. 지금도 할머니의 서운해하시던 눈빛을 잊을 수가 없다. 당신의 손으로 키운 삼대독자 손자가 제사를 거부하는 건 할머니껜 크나큰 배신감으로 다가왔을 것이다.

내가 제사를 지내자고 어머니께 제안한 건, 아버지로서의 나를 다시 인식하고서였다. 자식을 두고 죽은 부모들 마음을 알게 되었기 때문에, 귀신이 있든 없든, 나는 그분들을 기념하고 싶었다. 물론 제일 반기는 분은 어머니였다. 죽어서 젯밥을 얻어먹으려고 애쓰는 사람은 없다. 그러나 죽어서 그 자식들에게 잊히는 부모는 서글프다. 어머니도 나도 그걸 알고 있을 뿐이다.

내 꿈속에 오는 빼빼 마른 조상들은

왜 둘씩 셋씩 숨죽이고 앉아

한국식으로 육회를 먹나

피 묻은 쇠고기를 허겁지겁 맨손으로 떼어먹나

손등까지 싹싹 핥아먹고

굶주린 개들처럼 나를 뚫어지게 바라보다가

다들 어디로 가나

얼굴도 모르는 수 세기 전 사람들과 몸을 섞어

안개처럼 바람처럼

또 어디로 몰려가나

육촌형님은 죽어서도 홀아비고

할머니는 날 전혀 모른다는 듯 웃고 있고

왜 조상들은 제사가 있는 날이면 꼭

상반신만 남아 꿈속으로 몰려다니나

귀신들도 국경이 있나, 정부가 있나

왜 나는 한번도 본 적 없는 증조부와 닮았나

고향을 한참 떠나왔고, 친척도 이젠 없는데

내 가느다란 팔다리마다 최씨들뿐이다

서른다섯 해를 살아도 내 몸엔 온통

가난하게 살다 죽은 최씨들뿐이다

최씨들은 왜 모두 얼굴이 길고

왜 웃을 때 당당하게 남을 똑바로 못 보고 웃나

우리가 죽어서 코끼리들처럼 서로 만난다면

그렇게 모여서 다들 어디로 가나

상아 같은 흰수염을 뽑아 쌓아놓고 우리는

또 어떤 가문에 나서

커다란 귀를 펄럭이며 초원을 떠도나

「다들 어디로 가나」 전문

나의 할머니는 밀양 박씨, 성함은 박계수 씨. 83세로 생을 마감하시기 전, 할머니는 우울증에 걸리셨던 것 같다. 남의 땅에 지은 무허가 가옥을 300만 원에 처분하고 당신의 친정 마을로 돌아갈 계획을 세우셨고, 실제로 여기저기 집 살 사람을 구하고 다니셨다. 그 소문이 어머니 귀에까지 들어왔을 때, 나는 철저한 기독교인이었다.

얼마 후 할머니는 자살하셨다. 할머니가 견딜 수 없었던 것이 무엇이었을까. 나는 그 사실이 두렵다. 물론 할머니와 어머니는 지독히도 다투셨다. 그러나 내가 대학교를 졸업할 무렵이 되자,

그 싸움은 단순한 분노 때문만은 아니란 걸 알게 되었다. 죽은 아들, 죽은 남편을 사이에 둔, 동일한 상처를 안고 살아온 사람들끼리의 한풀이 같은 것이었다. 할머니의 자살은 어머니나 내게 씻을 수 없는 죄책감과 절망을 가져다주었다. 같은 상처를 안고 살아온 사람들끼리의 약속 같은 것을 할머니가 저버린 것에 대한 놀라움과 슬픔 때문이었다.

우리는 늙는다. 나도 어머니도 늙는다. 어머니와 나는 여전히 할머니 얘기를 한다. 할머니가 만들어주신 음식을 어머니가 하시고, 나는 할머니가 좋아하시던 국수를 가장 좋아한다. 어머니도 국수를 가장 좋아하신다. 할아버지가 나를 때릴 때 온몸으로 막아서며 대신 매를 맞으시던 할머니 혹은 어머니, 우리도 이제 조금씩 더 바닥을 향해 기울어지고 있습니다. 바닥에 대해 겸손을 배우고 있습니다.

4. 시인의 어머니

나의 시는 어디서 왔는가. 나의 시는 돌아가신 아버지로부터, 과부인 어머니로부터, 돌아가신 조부모로부터 왔다. 오래전부터 어머니가 써오셨던 노트엔 시도, 노래도 아닌 것들이 빼곡히 적혀 있다. 어머니의 시다. 상처가 많은 사람들은 누구나 시인이 될 수 있다. 상처 그 자체의 기록만으로도 시를 완성시킬 수 있다. 어머니는 시를 쓴다. 중학교 과정 평생교육원을 다니면서부터는 더욱 많이 시를 쓰신다. 죽기 전에 자신의 이야기를 책으로 묶고 싶다는 것이 어머니 소원이다. 나는 시큰둥하게 말한다. 그깟 시는 써서 뭐해, 돈도 안 되는 걸.

나의 시는 어디쯤 가고 있는가. 나의 시는 중년쯤의 나이를 먹었다. 신도 사랑도 죽음도 모든 걸 내 안에 담아 놓은 채, 조금은 바깥을 향해 창문을 열어 놓은 채, 느리게 고향 마을 어디쯤인가를 지난다. 어머니의 낮잠은 고요하고 쓸쓸하다. 어머니의 꿈에선 어떤 풍경이 펼쳐질까. 어머니는 어디쯤 지나가고 있는 걸까.

서로 사랑을 하자고 강변하던 날들이 가고 정말 사랑이 왔다
라면발처럼 쪼그라든 뇌 사진은 우리 엄마 것이고
코를 킁킁거리는 틱 장애는 큰아이의 것이고
나는 동굴 벽화에 나오는 고대인처럼 뭔가를 사냥할 기세로
파리채를 들고 다니며 엄포를 놓는다, 제발 서로 사랑을 하자
비염과 축농증이 유전 때문만은 아니듯, 불행은

나주 남평 출신의 사나운 처에게서 온 것이 아니다

틈과 틈을 메꾸는 건축술에서 벽이란 얼마나 울음에 취약한가

절망의 하찮음을 앓고 난 뒤에도 여전히 변함없는

이 무표정은 우리들 가문의 쾌거일까

칠십이 다 되어가지만 여전히 내성적인 엄마의 담배와

막내의 착하디착한 혼잣말을 종일 발굴해내는

내 귓속의 동굴에 오류투성이 메아리들이 섞여 울린다

사랑으로 가족의 사랑을 강제할 수 있는 날들은

가고 없다, 대신

밤이면 새로 돋는 손톱을 만지작거리며 방들이 뒤척인다

퍼렇게 인광을 흘리며 거실에서 혼자 물을 마시고 있는 엄마와

가방에 교회 전단지 뭉치를 소지하고 다니는 처를 본다

조용하고 지루한 광기가 고층에 사는 우리를 주시한다

하루라도 사랑이 없으면 안 되는 절실함에 대해 누구보다 박
식한

나는 왜 서로 사랑을 하지 않느냐고 식구들 멱살을 잡고

드라이버로 닫힌 방문들을 뚫고

세 번, 네 번, 열 번이라도 나는 사랑을 연설한다

아무도 아프지 않은데

다들 어딘가 조금씩은 아픈, 말도 안 되는 사랑이 온 것이다

나 같은 작자를 가장으로 두고서 우리 집 식구들은 모두 아무 일도 없는 듯이 잠을 잔다. 거실에 나와 혼자 불 꺼진 베란다를 보고 있으면, 이 조용한 침묵이 하루아침에 얻어진 것이 아니라는 것을 깨닫고 흠칫 놀란다. 얼마나 힘든 세월이 우리 식구들 몸을 깎아내며 지나갔던가. 나이 마흔다섯이 된 내가 예순일곱의 어머니를 보며 서둘러 시선을 피하지만, 어머니나 나나 우리는 알고 있다. 이 모든 일들이 덧없이 지나간 건 아니라는 것을 말이다.

어머니가 영어 단어를 공부한다. 아이들은 각자의 방에서 숙제를 한다. 나는 텔레비전을 끄고 침대에 눕는다. 아내는 화분에 물을 주고 있다. 아아. 이 조용하고 게으른 평화가 오기까지 얼마나 두렵고 캄캄한 세월이 지나갔던가. 어머니가 영어 공부를 하시다 말고 나와서 뭐 먹을 거라도 차려줄까, 하고 묻는다. 나는 필요 없다,는 말을 아주 짧고 정확하게 말한다. 어머니가 다시 방에 들어가고, 거실에 나만 남는다. 됐다. 이만하면 됐다. 나는 베란다 창문에 비친 나를 한참이나 바라보면서 멍하게 서 있다. 어머니가 시를 쓰신다. 어머니가 시를 쓰지 않았으면 좋겠는데, 어머니는

정말로 시를 쓰실 생각인가 보다.

최금진

2001년 《창작과비평》으로 등단하였으며, 시집으로 『새들의 역사』, 『황금을 찾아서』, 『사랑도 없이 개미귀신』이 있으며, 산문집 『나무 위에 새긴 이름』 이 있다. 현재 한양대 출강 중이다.

● 홍일표

엄마라는
사물

아직도 나에게 어머니는 하나의 사물처럼 씨늘한
다자이다. 가까이 다가오지 않는 머나먼 고향이
다. 그러나 꼭 한 번 그곳에 가보고 싶다. 그리고
조용히 "엄마" 하고 불러보고 싶다.

어디에서도 부모 이야기를 한 적이 없다. 그 냥 가슴에 품고 가는 것이 좋을 거라는 생각을 오랫동안 해왔다. 언젠가는 쏟아내야 할 이야기일지 모른다는 판단이 이 글을 쓰게 하고 있지만 아마 청탁이 없었다면 감정의 수위 조절이 어려운 이 런 글은 아예 쓰지 않았을 것이다. 지금 이 순간도 망설여지는 마 음이 가슴 한쪽에 남아 있다.

직방으로 가자. 나는 어머니의 얼굴을 모른다. 기억나는 것이 아무것도 없다. 그러니 이 글을 쓰는 것 자체가 어불성설이라는 거다. 그러나 봉인하여 깊이 감추어 두었던 기억의 봉투를 조심스레 뜯어본다. '어머니'라는 말을 들으면 어딘가 많이 아프다. 단순히 부재하는 것에 대한 그리움이 아니라 '부재' 그 자체에 대한 고통 때문이다.

내가 태어난 동네 이름은 흑암리다. 껌껌하고 어두운 흑암이라니? 지명이 풍기는 부정적인 이미지와 내 유년은 많이 닮아 있다. 그러나 한참 지난 후에 안 일이지만 사람들이 마을 입구에 있던 검은 바위를 보고 동네 이름을 검바위(금바위)라 불렀던 것인데 일제 때 지명을 한자로 개명하는 과정에서 흑암黑暗과는 무관한 흑암黑巖이 되었던 것이다.

어릴 적 나는 혼자 산과 들을 쏘다녔다. 거의 대부분이 혼자였다는 사실이 지금 생각해도 기이하다. 왜 그랬을까? 뭘 찾아다녔던 것일까? 굶주린 짐승처럼 이곳저곳을 들쑤시고 다니면서 난 뭘 얻었던 것일까? 돌아보면 아무것도 없다. 늘 헛헛함으로 저녁을 맞이하고, 밤을 맞이했을 뿐이다. 그러나 이튿날도 나는 혼자 돌아다니며 내 안의 적막과 외로움을 지우고 있었다. 산에 올라가 나뭇가지를 꺾어 움막 비슷한 걸 지어 놓고 짐승처럼 숨어 지내기도 하고, 추수가 끝난 들판에서는 볏짚으로 집을 만들어 그 안에 웅크리고 앉아 시간을 보내기도 했다. 남의 시선이 미치지 않은 그곳에는 어미의 품 속 같은 아늑함이 있었고, 포근함이 있었다. 지금 생각하면 현실에서 결핍된 모성을 그런 식으로 충족 시키며 살고, 살아낸 것이 아닌가 싶다. 참나무 껍질 같은 유소년 기를 그렇게 보냈다.

내 안의 밤이 깊어가던 초등학교 때부터 고등학교 때까지 어머 니는 불 꺼진 전구였다. 컴컴한 동굴이었다. 키가 컸는지 작았는 지, 눈이 컸는지 작았는지, 성격은 내성적이었는지 외향적이었는 지 나는 전혀 알 길이 없었다. 무슨 까닭인지 사진 한 장 남아 있 지 않았고, 어머니에 대한 이야기도 전해들을 수가 없었다. 한때 사진이라도 구해 봤으면 하는 생각도 있었지만 언젠가부터 그 마 음도 버렸다. 온전히 흰빛으로만 남겨두고자 하였다.

어머니에 대한 기억 하나가 있다. 네 살배기의 머릿속에 희미 하게 남아 있는 유일한 흑백 영상이다. 몹시 추운 겨울이었다. 어 머니 기일이 섣달이니 혹한의 어느 날이었던 것 같다. 마당가에 사람들이 웅성웅성 서 있고, 장작불이 타오르고 있었다. 그리고 관이 문밖으로 들려나오는 장면이다. 나는 아무것도 모르고 그냥 서 있었던 것 같다. 울지도 않았고, 누군가가 내 손을 잡아주거나 위로하는 사람도 없었다. 나는 그냥 구경꾼처럼 마당가에 서서 무표정한 얼굴로 사람들의 모습을 지켜보고 있었던 것 같다. 그 때부터 나에게 어머니는 '관' 이라는 사물로 다가올 뿐이다. 관은 표정도 없고 온기도 없다. 그저 하나의 차가운 물질로 저만치 있는 것이어서 나는 가까이 다가가 만져볼 수도 없는 머나먼 타인이었다.

초등학교 때 학교를 마치고 집에 돌아오면 아무도 없었다. 나는 텅 빈 적막이 너무 싫어 자주 집밖으로 나와 돌아다녔다. 그 무렵 사촌 형으로부터 어머니가 묻혀 있는 무덤의 위치를 알게 되었고, 어머니가 평산 신 씨라는 것도 알게 되었다. 어머니에게 다가갈 수 있는 유일한 통로가 만들어진 셈이었다. 두어 번 어머니 무덤을 찾아간 적이 있었다. 그런데 어린 마음에 왠지 어머니 무덤이 무섭게 느껴졌다. 무슨 까닭인지 모르겠으나 그 후로는 어머니 무덤을 찾아가지 않았다. 무덤과 집밖으로 운구되던 관이 어머니의 이미지로 연결되어 내 의식 한쪽에 자리 잡았다. 묘가 있던 산을 일부러 피해 다녔다. 그러나 늘 머릿속에는 어머니라는 여자가 죽어서 저곳에 묻혀 있지라는 생각이 한 번도 떠난 적이 없었다.

친구들이 "엄마?" 하고 부르는 소리가 나는 너무 부러웠다. "엄마"라는 낱말이 나에게는 지금도 낯설고 어색하다. '엄마 냄새'라는 말을 들어본 적이 있었다. 죽었다 깨어나도 나는 실감할 수 없는 것이었다. '엄마'라는 말도 '엄마 냄새'라는 말도 나에게는 너무나 먼 이야기였다.

결혼 무렵에 어머니라는 존재가 간절했다. 그러나 어머니는 내 곁에 없었다. 아이들이 태어나 백일과 돌잔치를 할 때도 어머니는 없었다. 내 결핍은 갈수록 깊은 상처로 남았다. 그러나 어느 순간부터 결핍은 나를 더 강하게 만들었다. 힘들고 어려운 일을 겪을 때도 어머니나 아버지는 실체가 아니었기 때문에 나는 독하게 혼자 일어설 수밖에 없었다.

초등학교 시절을 지나 중학교에 들어서서 가장 큰 위로가 된 것은 문학이었다. 자기 연민에 빠져 허우적이던 나에게 문학은 외계의 빛나는 행성으로 나타났다. 소설가 김훈은 문학이 인간을 구원한다는 말은 개소리라고 했지만 물론 그 말은 문학을 도구화하는 것을 경계한 말이겠지만 나에게 문학은 어머니를 대신한 삶의 등불이었고 가장 눈부신 빛이었다. 어머니가 자리해야 할 자리에 문학이 들어선 것이다. 나는 이전처럼 여기저기 돌아다니지 않고 문학이라는 동굴 속에서 자족하며 살았다. 늘 방에 틀어박혀 닥치는 대로 책을 읽었다. 당시에 책은 내 양식이었고, 내 종교였다. 어디서도 위로받지 못했던 아픈 영혼이 파릇파릇 숨 쉬면서 이슬방울처럼 반짝이기 시작하였다.

지금 돌아보면 모리스 블랑쇼의 말대로 그 무렵 문학은 나에게

'과거와는 다른 실존' 을 맞닥뜨리게 한 일대 사건이었다.

2012년에 출간한 시집 『매혹의 지도』(문예중앙)에 수록된 시 중 「모태」라는 작품이 있다.

시멘트 바닥에 나뒹구는 붉은 지렁이

몸을 꼬아보고 뒤집어보고

어쩌다 잘못 든 길

내 몸속으로 고물고물 지렁이 몇 마리 들어온다

가만히 앉아서

빗줄기를 거두는 마른 밭처럼

지렁이와 빗줄기

물로 빚은 노래의 다른 형식인 것

흙의 품을 향하는 동질의 슬픔인 것

구부러지고 끊어지면서 먼 길 가야 하는

토막 난 철삿줄을 본다

숨이 멎을 때까지 많이 버둥거렸을

끝이 뾰족한 한 생애를 본다

그냥 돌아서지 못하고 다시 들여다보는

붉은 기호

탯줄 잘린 자리를 찾아가는 알몸의 빗줄기 같은

나는 이 시에서 "탯줄 잘린 자리를 찾아가는 알몸의 빗줄기"를 통해 내 모습을 말하고자 하였다. 선연한 아픔의 흔적이 도드라진 사물을 보면서 내 상처를 읽고자 하였다. 객관화된 내가 거기 있었다. '엄마'를 불러보지 못한 한 영혼이 거기에 있었다. 그러나 이제 그것조차 내 앞에서 지워나가려 한다. 어차피 나에게는 어머니라는 여자와의 연이 없었다. 그것이 고적하고 쓸쓸한 내 운명의 무늬라면 기꺼이 끌어안고 차돌바위처럼 살아가는 수밖에 없는 것이었다.

나는 눈물이 없는 사람이었고, 싸구려 감상을 혐오했다. 까칠한 사람이었고, 내 감정 표현을 잘 하지 않는 사람이었다. 사람 만나는 것도 좋아하지 않았고, 혼자 있는 것이 편했다. 한때 대인기

피중 같은 것도 있었다. 그러던 내가 언젠가부터 속울음이 질펀해지기 시작했다. 봇물 터지듯 눈물이 쏟아지는 일이 잦았다. 특히 모성을 자극하는 영화나 다큐를 볼 때 나는 눈물을 쏟는다. 내의지와 상관없이 쏟아지는 눈물은 오랫동안 내 안에 갇혀 있던 응어리가 풀어져 한꺼번에 흘러내리는 것이었다. 그 눈물의 원천은 어머니였다. 얼굴조차 모르는 내 엄마였다. 차가운 목관이었고 멀찍이 피해 다녔던 내 어미의 무덤이었다.

지는 꽃 아래 그늘의 서고를 뒤적여보면

아무도 들춰보지 않았던

사과 씨처럼 까맣고 단단한 까마귀

까옥까옥 벼랑의 부러진 갈비뼈를 물고 날아가는

저 단단한 씨앗

얼핏 보면 주둥이만 빛나는

어둠을 갈아 박아놓은

연필심 같은

까마귀

지난밤의 숙취와 욕설과 허망 그리고 토사물 같은

어지러운 꿈자리를 지나

비로소 허공의 가느다란 어깨에 철심을 박는다

소리 내어 울 줄 모르는

사내의 등판 위에 박혀 있는 까마귀는

여전히 벙어리새다

어둠을 어둠으로 가로지르며 홀로 반짝이는

검은 광석,

아무도 채굴하지 않는

가끔 검은 아스팔트를 깨고 퍼덕퍼덕 날아오르기도 하는

「까마귀 진사」라는 시다. 나는 오랫동안 한 마리 까마귀였고, 벙어리새였다. "홀로 반짝이는 / 검은 광석"이었다. 봄이다. 결락의 지점마다 통증이다. 어미젖으로부터 멀리 떨어진 곳은 항상 겨울이거나 집요하게 겨울의 감정만 자라는 곳이었다. 그곳엔 꽃이 피지 않아서 봄이 없는 나라였고, 도처에 곱창처럼 질긴 밤이 창궐하는 곳이었다.

대책 없는 청승이다. 구중중하게 봄비는 내리는데 이 무슨 처량한 짓인지 모르겠다. 그러나 어쩌겠는가. 이 또한 내 삶의 쓸쓸한 한 곡절이고, 꼬리를 잘라버린 도마뱀의 상처도 어느 날엔가 하늘에 올라가 앵둣빛 별이 되거나 지금 이곳에 없는 죄 없는 아침이 될 것이니.

아직도 나에게 어머니는 하나의 사물처럼 싸늘한 타자이다. 가까이 다가오지 않는 머나먼 고향이다. 그러나 꼭 한 번 그곳에 가보고 싶다. 그리고 조용히 "엄마?" 하고 불러보고 싶다. 적지 않은 나이에 이 또한 궁상스러운 일일 터이지만 너그러이 용서하시라. 믿는 순간이 죽는 순간이라고 중얼거리는 밤이 편두통처럼 욱신거리고, 블라디미르 비소츠키의 '야생마'가 거칠게 울부짖으며 절벽 위를 내달린다. 뒤편으로 얼핏 보였다 사라지는 그 무엇이 있다. 나는 다시 혀 잘린 나무토막처럼 입을 닫을 것이다.

홍일표 1992년 《경향신문》으로 등단하였으며, 시집으로 『살바도르 달리풍의 낮달』, 『매혹의 지도』 등이 있다. 제8회 지리산 문학상을 수상하였고, 현재 월간 시지 《현대시학》 주간으로 있다.

1판 1쇄 인쇄 2015년 5월 5일
1판 1쇄 발행 2015년 5월 10일

발행처 경영자료사
지은이 공광규 외 12인
발행인 마복남
등록 1967. 9. 14(제311-2012-000058호)
주소 서울시 은평구 증산로 403-2
전화 (02) 735-3512, 338-6165 | 팩스 (02) 352-5707
E-mail : bba666@naver.com

ISBN 978-89-88922-72-9 03810